ग़ज़ल प्रसंग

ग़ज़ल प्रसंग

सम्पादक
राणा प्रताप सिंह

redgrab
books

books

ग़ज़ल प्रसंग (ग़ज़ल संकलन)
संपादक - राणा प्रताप सिंह

प्रकाशक : **रेडग्रैब बुक्स**
942, मुठ्ठीगंज, इलाहाबाद-3 उत्तर प्रदेश, भारत
वेबसाइट - www.redgrabbooks.com
ईमेल- contact@redgrabbooks.com

संस्करण : प्रथम, जनवरी 2018

ISBN : 978-93-87390-12-6
आवरण : श्री कम्प्यूटर्स, इलाहाबाद
टाइप सेटिंग : श्री कम्प्यूटर्स, इलाहाबाद

संपादकीय

साहित्य की भिन्न-भिन्न विधाओं के संकलन के प्रकाशन के क्रम में ग़ज़लों के संकलन की पुस्तक ग़ज़ल प्रसंग आपके हाथों में है। देवनागरी लिपि में पचास समकालीन शायरों की ग़ज़लें इस संकलन में शामिल की गई हैं। यह पचास शायर, हिन्दुस्तान के विभिन्न क्षेत्रों से आते हैं, सबके परिवेश, भाषाएँ, संस्कृतियाँ; आर्थिक तथा मानसिक स्तर जुदा जुदा हैं, परन्तु इन सबको एक बात जोड़ती है, वह ये कि ये सब ग़ज़ल के शायर हैं। इनमें कुछ नए हैं, जिन्होंने अभी अभी ग़ज़लें कहनी शुरू की हैं, तो कुछ पुराने भी हैं, जिनके कई संकलन पहले भी आ चुके हैं; इसलिए यहाँ यह पहले ही समझ लेना चाहिए कि इस संकलन में आपको जहाँ एक तरफ सागर के पानी का ठहराव महसूस होगा तो साथ ही साथ पहाड़ों से निकलती वेगवती नदी की निर्मलता भी दिखाई देगी, और यही इस संग्रह की खासियत है।

हिंदी साहित्य में या इस प्रकार कहें कि देवनागरी लिपि में ग़ज़ल का इतिहास बहुत पुराना नहीं है, परन्तु जितनी तेज़ी से यह विधा रचनाकारों में तथा पाठकों में लोकप्रिय हुई, यह इसकी संप्रेषणीयता और सरलता का ही प्रमाण है । ग़ज़ल, उर्दू से हिंदी में आई तो इसके तेवर में भी बदलाव आया; ग़ज़ल में एक प्रतिवाद का तेवर जो उर्दू की क्लासिकल शायरी में भी विद्यमान रहा है, वह ग़ज़ल के हिंदी में आने पर और ज़्यादा मुखर होकर दिखाई दिया; उस पर विशेष बात यह रही कि ग़ज़ल ने अपने मूल गुण अर्थात अपनी सौम्यता से समझौता नहीं किया, भाषा में कोई खुरदुरापन आये बिना अपनी बात कहती रही। आज ग़ज़ल में हर तरह के रंग मौजूद हैं; कहीं सामाजिक विसंगतियों पर शेर कहे जा रहे हैं, तो कहीं इंसानी रिश्तों को विषय बनाया जा रहा है, कोई धार्मिक कट्टरता पर चोट कर रहा है, तो कोई व्यवस्था पर ही प्रश्न खड़ा कर रहा है। अनेक नए-नए विषयों पर शायरों ने ग़ज़लें कहना प्रारंभ कर दिया है, और साथ ही साथ नई नई शब्दावलियाँ भी गढ़ ली हैं, यहाँ यह भी गौरतलब है कि जितनी तेज़ी से ग़ज़ल की लोकप्रियता बढ़ी है उतना ही खिलवाड़ उसकी गुणवत्ता के साथ भी हुआ; आज बाज़ार, गज़ल संग्रहों से भरे पड़े हैं, और अधिकांश संग्रह ग़ज़ल के आधारभूत शिल्प पर भी खरे नहीं उतरते हैं, यह एक चिंता का विषय है। यह

संकलन इस भीड़ का हिस्सा न होकर मज़बूती के साथ अलग खड़ा दिखाई देता है, यह व्यक्तिगत तौर पर मेरे लिए संतोषप्रद है।

आज सोशल मीडिया का दौर है। पठन-पाठन के स्तर पर एक समय जो काम पत्र पत्रिकाओं का होता था, वह आजकल विभिन्न सोशल वेबसाइटों ने ले लिया है। शायरी में पुरानी उस्ताद-शागिर्द परम्परा का स्थान अब नए तौर तरीक़ों ने ले लिया है। शायरी के दर्जनों स्कूल अब ऑनलाइन चल रहे हैं, जहां उस्ताद भी हैं और शागिर्द भी पर दूरियों का कोई बंधन नहीं है। तमाम शायरों के कलाम एक उँगली हिलाने मात्र से खोजे, पढ़े और सुने जा सकते हैं। पुरानी लाइब्रेरियों में महदूद रहने वाली दुर्लभ से दुर्लभ किताबें भी अब ऑनलाइन मौजूद हैं, जो शायरी की दुनिया में रहने वालों के लिए किसी ख़ज़ाने से कम नहीं है। यही कारण है कि यह संकलन इस मायने में और महत्त्वपूर्ण हो जाता है कि आने वाले समय में जब शायरी के तौर तरीक़ों में बदलाव की चर्चा होगी, तब इस प्रकार के संकलन, समकालीन शायरी के साक्ष्य के तौर पर एक दस्तावेज़ की तरह मौजूद रहेंगे।

अंत में संकलन में शामिल सभी शायरों को बधाई, तथा भविष्य के लिए शुभकामनाएँ, एवं सम्पादक के रूप में मुझ पर भरोसा जताने के लिए अंजुमन प्रकाशन को आभार। पाठकों की प्रतिक्रियाओं का स्वागत है; आपकी प्रतिक्रियाएँ हमें और बेहतर करने को प्रेरित करती हैं।

- राणा प्रताप सिंह

singhpratapus@gmail.com

अनुक्रम

अजय कुमार पाण्डेय

मोबाइल - 09425875128
ईमेल - ajaypandey117@gmail.com
पुस्तकें - विभिन्न विधाओं की 5 पुस्तकें
पता - बी-1/ 193, हिन्दुस्तान कॉपर लिमिटेड, मलांजखण्ड,
जिला- बालाघाट (म.प्र.) 481116

1

पर्वतों से नीर बहता जा रहा था,
कुछ धुआँ सा भी निकलता जा रहा था।

ख़ूबसूरत ज़िन्दगी है जान ले तू,
वह मुझे बरसों से कहता जा रहा था।

कुछ कठिन भी तो नहीं उसके लिये वह,
मुश्किलों से रोज़ लड़ता जा रहा था।

लड़खड़ाता था कभी चलते समय जो,
आज रह रह कर सँभलता जा रहा था।

जिसने दुनिया में किये थे ज़ुल्म कितने,
रंग वह भी अब बदलता जा रहा था।

डर रहा था देख ऊपर की तरफ़ जो,
आज ऊँचाई पे चढ़ता जा रहा था।

2

थे घने बादल वहाँ पर और कोई बात न थी,
भीग जाते साथ हम तुम पर वहाँ बरसात न थी।

मैं समझ पाया नहीं इस ज़िन्दगी का खेल कभी,
जीत भी मिलती नहीं थी और होती मात न थी।

फिर घटा छाई हुई थी आसमां पर चाँद न था,
दिल बहलना था ज़रूरी फिर सुहानी रात न थी।

कुछ पुराने ज़ख़्म उभरे शाम से एक दर्द उठा,
रात बाक़ी थी अँधेरी सुरमई सौगात न थी।

एक उदासी छा गई थी रात भी खामोश रही,
चाँद निकला था अकेला साथ में बारात न थी।

3

बातें जो थीं सब हमारे दरमियाँ रहीं,
दूर होकर भी वही नज़दीकियाँ रहीं।

कारवाँ साथी न कोई हमसफ़र रहा,
साथ मेरे बस मेरी परछाइयाँ रहीं।

मैं कभी आता नहीं यूँ छोड़कर उसे,
क्या बताऊँ क्या मेरी मजबूरियाँ रहीं।

फासले भी थे नहीं कुछ दरमियाँ मगर,
पास रहकर भी बहुत सी दूरियाँ रहीं।

आग ठंडी हो चुकी थी जब अलाव की,
राख के नीचे दबी कुछ गर्मियाँ रहीं।

वक़्त ने पत्थर बना के रख दिया उसे,
दिल में बाक़ी उसके फिर भी नर्मियाँ रहीं।

बन गया इंसां ज़माने के दबाव में,
ख़ून में लेकिन वही शैतानियाँ रहीं।

4

ऐ घटा दे साथ दुनिया को दिखाना चाहता हूँ,
मैं ज़रा सा आज फिर तूफ़ान उठाना चाहता हूँ।

भागता जिनसे रहा था अब तलक सारा ज़माना,
उन ग़मों के साथ मैं फिर गुनगुनाना चाहता हूँ।

राह आसां थी नहीं पर्वत खड़ा था सामने ही,
बन के माझी पर्वतों को मैं हिलाना चाहता हूँ।

हँस रही है अब मुझे बरबाद कर तक़दीर मेरी,
आज उसके साथ मैं भी मुस्कुराना चाहता हूँ।

आज़माता ही रहा है यह जहां अब तक मुझे ही,
आज मैं भी इस जहां को आज़माना चाहता हूँ।

देश को झुलसा न दे आँधी कहीं ये नफ़रतों की,
मैं मुहब्बत के यहाँ पर गीत गाना चाहता हूँ।

अजय कुमार

मोबाइल - 9807707042, 8299601552
ईमेल - ajay.om26@gmail.com
पता - 24/26 EWS कॉलोनी, प्रीतम नगर,
थाना धूमनगंज के पास, इलाहाबाद, उ.प्र.-211011

1

ये जो इतवार है इसको ठहर जाने की ज़िद सी है,
मचलते बादलों को गीत बरसाने की ज़िद सी है।

ये जैसे आसमां भी बोलने को खूब आतुर है,
सभी को आज अपनी बात बतलाने की ज़िद सी है।

कहो इक रोज़ मेरी उँगलियों में ज़ुल्फ़ उलझी थी,
उसी पल से तुम्हें क्यों जुल्फ़ सुलझाने की ज़िद सी है।

हमें बेग़ैरतों सा देखकर मुँह फेरना उनका,
खुली आँखों से देखा ख़्वाब झुठलाने की ज़िद सी है।

वो रूठे यार से हम बारहा क्यों ना मुख़ातिब हों,
हमें भी इश्क़ में उनके बिखर जाने की ज़िद सी है।

जो चुप हैं आज महफिल में समंदर पास रखते हैं,
उन्हें भी फूट पड़ने की, बरस जाने की ज़िद सी है।

2

हमारी जीत से घबरा रहे हैं,
इसी कारण वो बहके जा रहे हैं।

न खुल पाये हैं जिनके पंख अब तक,
वो उड़ने का हुनर सिखला रहे हैं।

बहुत से राज़ हैं दिल में छिपाए,
बयां करने से जो कतरा रहे हैं।

मचलते अजनबी दो नैन बेहद,
क़हर दिल पर हमारे ढा रहे हैं।

भरोसा है तभी ज़िंदा बचा हूँ,
कि अच्छे दिन अभी तक आ रहे हैं।

समंदर हो गया ख़ामोश फिर से,
मछेरे नींद में चिल्ला रहे हैं।

3

इस क़दर मुँह मोड़कर जाना तेरा अच्छा नहीं,
हर क़दम मुझको यूँ तड़पाना तेरा अच्छा नहीं।

भूलना चाहे तू मुझको, मैं ये कैसे मान लूँ,
राह में फिर रोज़ टकराना तेरा अच्छा नहीं।

बेवफ़ा है तू तो तुझको बेवफ़ाई की क़सम,
गाल को आँसू से नहलाना तेरा अच्छा नहीं।

मेरी नज़रों से नज़र बेशक मिला, पर याद रख,
मेरी आँखों में नज़र आना तेरा अच्छा नहीं।

बात दिल की जो बताना चाहता है तो अजय,
लिख दे चिट्ठी ही यूँ शरमाना तेरा अच्छा नहीं।

4

मुफ़लिसी ने जिसे था मुसीबत कहा,
पालना उसको माँ ने इबादत कहा।

हर क़दम पर नहीं पर कभी तो कहीं,
उसने भी मुझको अपनी ज़रूरत कहा।

इस क़दर धमकियाँ मुझको देकर गये,
और कहते हो अच्छी नसीहत कहा।

जब भी पायी सफलता किसी मोड़ पर,
उसको मैंने ख़ुदा की इनायत कहा।

झाँकते तो नहीं अपने भीतर कभी,
मेरे सच को भी तुमने सियासत कहा।

अनुज पाण्डेय 'अब्र'

मोबाइल - 09532521100
ईमेल - anujabr17@gmail.com
पता - अनुज पाण्डेय सेक्टर 12/149 इन्दिरानगर
लखनऊ-226019

1

दाग़ सूरज पे लगाने आये,
अपनी औक़ात दिखाने आये।

वो कहीं पर न ठहरने वाला,
राह में लाख ठिकाने आये।

हो गया खाक मकां जब मेरा,
लोग तब आग बुझाने आये।

सर पे जब संग गिरे तो मुझको,
याद कुछ दोस्त पुराने आये।

चार अहबाब लिए काँधों पर,
क़ब्र में जिस्म दबाने आये।

वो डुबोकर गए मेरी कश्ती,
हाय क्या ख़ूब बचाने आये।

2

फ़ज़ा में इक अलग सा ही नशा है,
हवा ने क्या बदन तेरा छुआ है।

हमारे दरमियां जो फ़ासला है,
रक़ीबों की ये शायद बद्दुआ है।

तुझे बरबाद कर देगी मुहब्बत,
किसी ने आज ये मुझसे कहा है।

न आएँ मुश्किलें गर रास्ते में,
सफर में ज़ीस्त के फिर क्या मज़ा है।

मेरे अश्कों को तुम शिकवा न समझो,
कहीं से आँख में कुछ आ गिरा है।

3

बाद मुद्दत के प्यार जागा है,
ये बताओ कि क्या इरादा है।

और कितनी रियायतें मैं करूँ,
पहले का ही उधार ज़्यादा है।

खौफ़ से डर रहा है दिल मेरा,
तुझसे मिलने का आज वादा है।

तू मिला जब से है मुझे हमदम,
दर्द में और भी इज़ाफ़ा है।

छू ले मिट्टी अगर वो, हो सोना,
उसको क़ुदरत ने यूँ नवाज़ा है।

साथ मरने की बात करता है,
प्यार कम है ख़ुमार ज़्यादा है।

4

नदी में चाँद सा उतरा हुआ हूँ,
मैं उसकी आँख में ठहरा हुआ हूँ।

ख़नक हीरों की हो तुमको मुबारक,
मैं इनके शोर से बहरा हुआ हूँ।

नक़ाबें नोंचकर सब फेंक दी हैं,
बमुश्किल अब मैं इक चेहरा हुआ हूँ।

खुरचने से नहीं उतरेगा ये रंग,
तेरी उम्मीद से गहरा हुआ हूँ।

गुलों की साज़िशों का है नतीजा,
कभी ज़रख़ेज़ था सहरा हुआ हूँ।

इकट्ठे हो गये सब मेरे दुश्मन,
मैं जिन जिन के लिये ख़तरा हुआ हूँ।

अमन चाँदपुरी

ईमेल - kaviamanchandpuri@gmail.com
मोबाइल - 9721869421
पता - ग्राम व पोस्ट – चाँदपुर, तहसील- टाँडा
जिला - अम्बेडकर नगर, उ. प्र. पिन कोड - 224230

1

आदमी चेहरे बदलता जा रहा है,
आईना ये देखकर भरमा रहा है।

है सियासत ने जहाँ भी पाँव रक्खा,
झूठ का परचम वहीं फहरा रहा है।

ख़ामुशी पसरी थी अंदर मुद्दतों से,
इसलिए गूँगा भी अब चिल्ला रहा है।

क़त्ल करके ख़ुश नहीं सैयाद मेरा,
अपनी ग़लती पर बहुत पछता रहा है।

कैसे समझाऊँ भला दिल को मैं ये अब,
दिल सज़ा अपने किये की पा रहा है।

झूठ की बेवज्ह मैंने की वकालत,
सच मुझे अंदर ही अंदर खा रहा है।

त्याग कर केंचुल 'अमन' नफ़रत की आख़िर,
कौन अम्नो-चैन से अब गा रहा है।

2

तू जो तन के खड़ा नहीं होता,
मैं भी इतना बुरा नहीं होता।

मंज़िलें पा चुके हैं हम, फिर भी,
ख़त्म यह हौसला नहीं होता।

काम तो सिर्फ़ काम होता है,
काम छोटा-बड़ा नहीं होता।

शोर करतीं नहीं ये दीवारें,
कुछ बुरा गर सुना नहीं होता।

रोज़ की तरह आज आता वो,
हाँ, अगर कुछ हुआ नहीं होता।

मुझमें भी होतीं ख़ूब कमियाँ गर,
घर में यह आईना नहीं होता।

दिल से दिल ही तलक तो जाना है,
ख़त्म क्यों रास्ता नहीं होता।

शाइरी ही 'अमन' का सब-कुछ है?
उससे अब वो जुदा नहीं होता।

3

रक़ीबों की ख़ातिर दुआ कर चले,
मुहब्बत तेरा हक़ अदा कर चले।

यही इश्क़ तेरा मुक़द्दर रहा,
वफ़ा के सिपाही जफ़ा कर चले।

वो जिनसे थीं रौशन मेरी महफ़िलें,
वही दिल को मेरे बुझा कर चले।

तुम्हीं तुम हो दिखते हमें चार सू,
तुम्हें आँख में हम बसा कर चले।

जलीं बस्तियाँ ढह गए सब मकां,
ये दंगे सभी का बुरा कर चले।

यहाँ कौन कब लूट ले क्या खबर,
हर इक शख़्स ख़ुद को बचाकर चले।

वो हाथों में ग़ज़लें लिए फिर रहा,
कहो उससे ग़ज़लें छुपाकर चले।

है नफ़रत की ज़द में 'अमन' का जहाँ,
सुकूं के पयम्बर दग़ा कर चले।

4

और कोई नहीं वो क़ुदरत है,
जिसके दम से जहान जन्नत है।

मैंने इसको सँभाल है रक्खा,
ज़ख़्मे-दिल जो मेरी अमानत है।

रूह का ठौर क्या ठिकाना क्या,
चंद दिन जिस्म पर इनायत है।

कल पे टल तो गयी उधारी, पर,
आज से ज़्यादा कल मुसीबत है।

रात-भर आँखें ढूँढ़ती हैं तुझे,
ख़्बाब को तेरी ही ज़रूरत है।

बज रहा फोन लो उठा जानां,
बात करने की आज फ़ुर्सत है।

चूम ली उसने मेरी पेशानी,
बढ़ गई आज मेरी क़ीमत है।

अब न खिड़की पे है दिखे पर्दा,
कुछ तो आगे बढ़ी मुहब्बत है।

बँट गया है अमन दो हिस्सों में,
शायरी - नौकरी की चाहत है।

अशोक 'अंजुम'

मोबाइल - 09258779744
ईमेल - ashokanjumaligarh@gmail.com
पुस्तकें - 18 मौलिक और 37 सम्पादित पुस्तकें प्रकाशित
संपर्क - संपादक : अभिनव प्रयास, स्ट्रीट-2, चन्द्र विहार कॉलोनी (नगला डालचंद) क्वार्सी बायपास, अलीगढ़-202001

1

प्यार है, इजहार है बाज़ार में,
इश्क़ का व्यापार है बाज़ार में।

क़ैद दफ़्तर में रहे सप्ताह-भर,
और अब इतवार है बाज़ार में।

देखकर विज्ञापनों का बाँकपन,
रोज़, कुल परिवार है बाज़ार में।

ये भी लूँ, हाँ वो भी लूँ, हाँ वो भी लूँ,
बस यही तकरार है बाज़ार में।

बिक रहा है आम जनता का सुकूं,
और हर सरकार है बाज़ार में।

क्यों घरों में आज सन्नाटा लगे,
और हर त्यौहार है बाज़ार में।

एक जादू हर तरफ तारी हुआ,
खींचता हर बार है बाज़ार में।

2

वो मिले यूँ कि फिर जुदा ही न हो,
ऐसा माने कि फिर ख़फ़ा ही न हो।

मैं समझ जाऊँ सारे मज़मूं को,
ख़त में उसने जो कुछ लिखा ही न हो।

कैसे मुमकिन है उसने महफ़िल में,
मेरे बारे में कुछ कहा ही न हो।

मेरे इज़हार पे वो कुछ यूँ था,
उसने जैसे कि कुछ सुना ही न हो।

कितनी हसरत थी उससे मिलने की,
वो मिला यूँ कि जानता ही न हो।

अब ये झंझट सहन नहीं होता,
वो मरज़ दे कि फिर दवा ही न हो।

3

झिलमिल-झिलमिल जादू-टोना पारा-पारा आँख में है,
बाहर कैसे धूप खिलेगी जो अँधियारा आँख में है।

यहाँ-वहाँ हर ओर जहां में दिलकश ख़ूब नज़ारे हैं,
कहाँ जगह है किसी और को कोई प्यारा आँख में है।

एक समन्दर मन के अन्दर उनके भी और मेरे भी,
मंज़िल नहीं असंभव यारों अगर किनारा आँख में है।

परवत-परवत, नदिया-नदिया, उड़ते पंछी, खिलते फूल,
बाहर कहाँ ढूँढ़ते हो तुम हर इक नज़ारा आँख में है।

चैन कहाँ है, भटक रहे हैं कभी इधर तो कभी उधर,
पाँव नहीं थमते हैं 'अंजुम' इक बंजारा आँख में है।

4

वफ़ाएँ लड़खड़ाती हैं भरोसा टूट जाता है,
ज़रा-सी भूल से रिश्तों का धागा टूट जाता है।

सलाखें देखकर घबरा रहा है तू परिन्दे क्यों,
अगर शिद्दत से हो कोशिश तो पिंजरा टूट जाता है।

परिन्दे वे कभी ऊँची उड़ानें भर नहीं सकते,
ज़रा-सी धूप से जिनका इरादा टूट जाता है।

हया आँखों की मर जाए तो घूँघट की ज़रूरत क्या,
हया मर जाय तो हर एक परदा टूट जाता है।

यक़ीं रखना तुम्हारी कोशिशें ही काम आएँगी,
कि कोशिश रंग लाती है कि वादा टूट जाता है।

लचक रहती है जिन पेड़ों में लम्बी उम्र जीते हैं,
अड़े रहने पे तूफ़ानों में क्या-क्या टूट जाता है।

आफताब अंजुम अज़हर

मोबाइल - 7033213500
ईमेल - anjum.aaftab51@gmail.com
पता - कार्यालय आज़ाद सिपाही दैनिक, टावर चौक थाना रोड
गुमला, झारखंड, पिन-835207

1

नहीं परवा सहाफ़त का अगर मेयार बिक जाए,
खबर वो हो कि जिसको देख के अख़बार बिक जाए।

ज़रा उससे तो पूछो उसके दिल में क्या गुज़रती है,
किसी का आशियाना हो के जब तैयार बिक जाए।

यहाँ तो मील के पत्थर को सब मंज़िल समझते हैं,
करे क्या काफ़िला जब काफ़िलासालार बिक जाए।

अगर किरदार तुल जाए मेरा सच के तराजू में,
मेरे मोज़े से भी सस्ती तेरी दस्तार बिक जाए।

करूँ क्या जिस्म का जब रूह ही मजरूह हो अंजुम,
ज़मीं बिक ही गयी तो ये दरो दीवार बिक जाए।

2

जिसका मैं हो गया उम्र भर के लिये,
बस वो आया है इक दो पहर के लिये।

कम के होने से ज़्यादा की है अहमियत,
ऐब भी है ज़रूरी हुनर के लिये।

शहर में वो बना कर इमारत कई,
आज मोहताज है एक घर के लिये।

उसकी यादों की गठरी लिये साथ चल,
है ज़रूरी बहुत ये सफ़र के लिये।

जिससे हासिल घड़ी दो घड़ी हो सुकूं,
लोग बेचैन थे उस ख़बर के लिये।

वो है मुख़्तार अंजुम के संसार का,
मैं हूँ मोहताज उसकी नज़र के लिये।

3

ए अँधेरों घर में तुम कुछ रोज़ के मेहमान हो,
मेरी कोशिश है कि हर कमरे में रौशनदान हो।

है उसे मंजूर वो कम अक़्ल हो नादान हो,
माँ का दिल दुखता है जब औलाद नाफ़रमान हो।

सब का ये पैग़ाम है इंसान बस इंसान हो,
बाइबल हो, वेद हो, गीता हो या क़ुरआन हो।

है बुज़ुर्गों की नसीहत रख उसे पुर इह्तीयात,
तेरे हाथों में जो कोई काँच का सामान हो।

दे ख़ुदा तासीर अंजुम के क़लम में इस क़दर,
रौशनाई के हरेक क़तरे में इक तूफ़ान हो।

4

वो करो जिससे ज़माने की नज़र में क़द बढ़े,
ये तुम्हारी ज़िद भी कोई ज़िद है कि सरहद बढ़े।

अपनी ये कोशिश कि हो दो वक़्त की रोटी जुगाड़,
और नेताओं का हंगामा, विधायक मद बढ़े।

इस तसल्ली पे मेरे बच्चों का होता है गुज़र,
अपनी भी तनख़्वाह अगले माह से शायद बढ़े।

डोर देकर दूसरों के हाथ में पागल पतंग,
चाहता है और ऊँचाई पे उसकी हद बढ़े।

तब ही सम्भव है हमारे देश का असली विकास,
दो क़दम जनता बढ़े तो दो क़दम संसद बढ़े।

ऋता शेखर 'मधु'

मोबाइल - 9334416488
इमेल - hrita.sm@gmail.com
पता - चित्रगुप्त नगर, पटना-800020

1

मुक़ाबिल आँधियों के दीप जलना भी ज़रूरी था,
मुसीबत लाख आये ख़्वाब पलना भी ज़रूरी था।

अदब के साथ राहों पर चले थे हम सदा साथी,
वही देने लगे बाधा बदलना भी ज़रूरी था।

लगी ठोकर ज़माने से क़दम भी लड़खड़ाए थे,
हँसी में हौसलों को तब मचलना भी ज़रूरी था।

समंदर में लहर उठना रवानी का तकाज़ा है,
गुहर लेकर बिना डूबे निकलना भी ज़रूरी था।

सुगंधों से भरी देखो गुलाबों की कली न्यारी,
बिखरने को हवाओं में टहलना भी ज़रूरी था।

2

वो रस्में रिवाजें निभाने की रातें,
हैं चारों तरफ़ मुस्कुराने की रातें।

कहीं छा रही है पपीहे की सरगम,
कहीं ज़ाफ़रानी तराने की रातें।

क़ुबूली गई है किसी की इबादत,
दिखी मंदिरों में खिलाने की रातें।

हमारे घरों के झरोखे सुनाते,
फलक पे सितारे गिनाने की रातें।

जो भरती थी दादी अचारों से बरतन,
वो चुपके से जाकर चुराने की रातें।

3

चल के सपने कहीं तो सजाओ कभी,
आसमां में परिंदे उड़ाओ कभी।

आज है ये ज़माना कहाँ से कहाँ,
पाँव छूने की रस्में निभाओ कभी।

बेटियों के जनम से क्यों होते दुखी,
उनको भी तो गले से लगाओ कभी।

अश्क आँखों में रखते दिखाते नहीं,
रोग दिल का न यूँ तुम बढ़ाओ कभी।

जान हाज़िर है अपने वतन के लिए,
सरहदों पर इसे आज़माओ कभी।

4

तुम हँसो तो साथ में हँसता ज़माना,
अश्क आँखों के सदा सबसे छुपाना।

क्या खरी ही तुम सदा कहते रहे हो,
मिर्च तुमको इसलिए कहता ज़माना।

वे चुरा लेते हमेशा भाव मेरे,
है नहीं आसान अब इसको पचाना।

चाँद में भी दाग़ है कहते रहे हो,
बोल कर यह, चाहते किसको बचाना।

बेटियाँ फ़नकार हैं मानो इसे भी,
पंख से उनको हमें ही है सजाना।

कल्पना रामानी

मोबाइल - 07498842072
ईमेल - kalpanasramani@gmail.com
पुस्तकें - विभिन्न विधाओं की 3 पुस्तकें
पता - c/o-अजय रामानी, 1601 /6 हेक्स ब्लॉक्स, सेक्टर-10, खारघर, नवी मुंबई -410210

1

जो देना तो उनको दग़ा चाहते हैं,
वफ़ाओं से आखिर वे क्या चाहते हैं?

जहाँ दे दिखाई, कोई शोख चितवन,
तो चेहरा बदलकर, मिला चाहते हैं।

वे करते तो हैं सात जन्मों की बातें,
मगर साथ हर दिन, नया चाहते हैं।

अभी थाम लेंगे वे जिसकी कलाई,
ढले शाम उसी से, छिपा चाहते हैं।

कहें कैसे नर इन कुटिल किन्नरों को,
जो नारी को मय-सम पिया चाहते हैं।

बचें 'कल्पना' ख़ुदग़रज़ इन खलों से,
कि जिनसे ख़ुदा भी बचा चाहते हैं।

2

जिसे भूले, तुमको, वही ढूँढ़ती है,
तुम्हें गाँव की हर खुशी ढूँढ़ती है।

सुखाकर नयन जिसके आए शहर को,
वो ममता तुम्हें हर घड़ी ढूँढ़ती है।

झुलाया कभी था सहारा दे तुमको,
वो पीपल की डाली हरी ढूँढ़ती है।

जहाँ छोड़ आए हो कागज़ की किश्ती,
उस आँगन में सावन-झड़ी ढूँढ़ती है।

चले आए रख लात सीने पे जिसके,
तुम्हारे निशां वो गली ढूँढ़ती है।

उखाड़ी जहाँ से, जड़ अपनी वहीं पर,
तुम्हें 'कल्पना' ज़िंदगी ढूँढ़ती है।

3

पीर ढो रही पल-पल, धरती रोती है,
नीर खो रही जल-जल, धरती रोती है।

डेरा डाले, ठाठ-बाट से, बाग़ों में,
हँसते हैं जब मरु-थल, धरती रोती है।

भरी बोतलों को, जब सूने नैन उठा,
तकते हैं घट निर्जल, धरती रोती है।

जाने कब फिर गले मिलें, पर्वत-झरने,
सोच-सोच कर बेकल, धरती रोती है।

पूछा करते, सून पोखरों से जब वे,
कहाँ जाएँ हम शतदल, धरती रोती है।

सोच-सोच है चिंतातुर, कैसे सँवरे,
नई पौध का अब कल, धरती रोती है।

लौट आए मुस्कान उसकी, यदि सब ढूँढें,
अभी 'कल्पना' कुछ हल, धरती रोती है।

4

अगर कहीं भी बंधु, चिराग़ों पर चर्चा हो,
भव-भूतल के बिसरे कोनों पर चर्चा हो।

व्यर्थ विलाप, निराशा, रुदन, विसर्जित करके,
लक्ष्य-साधना, कर्म, हौसलों पर चर्चा हो।

सुमन सभी, खुश-रंग सुरभि, देते बगिया को,
नहीं ज़रूरी, सिर्फ गुलाबों पर चर्चा हो।

सार जहाँ हो, ज्ञान-सिंधु की बूँद-बूँद में,
ऐसी सरल, सुभाष्य किताबों पर चर्चा हो।

छोड़ो भी, अब नीरस जीवन का नित रोना,
रसमय, गीत, ग़ज़ल, कविताओं पर चर्चा हो।

बेदम हो जब भूख, रोटियाँ घर-घर पहुँचें,
तभी आसमां, चाँद-सितारों पर चर्चा हो।

सदी कह रही सुनो 'कल्पना' समय आ गया,
बेटों से रुख मोड़, बेटियों पर चर्चा हो।

किशन तिवारी

मोबाइल - 09425604488
ईमेल - kishan.young@gmail.com
पुस्तकें - ग़ज़ल के 5 संग्रह

1

ग़म किसे अपना सुनाएँ,
मर गईं संवेदनाएँ।

जाग कर भी सो रहे जो,
किस तरह उनको जगाएँ।

झील है ख़ामोश लेकिन,
आज कुछ पत्थर चलाएँ।

आ गये हैं साँप घर में,
दूध हम उनको पिलाएँ।

नीम आँगन का अभी चुप,
अब चलो इसको हिलाएँ।

जल चुके हैं फूस के घर,
फुसफुसाती हैं हवाएँ।

अर्थ भारी शब्द पर है,
अब इसे कैसे बचाएँ।

2

किस ने दीप बुझाये हैं,
अँधियारे घिर आये हैं।

हम भूखे प्यासे पंछी,
तुमने जाल बिछाये हैं।

मज़हब रंग जात नस्लें,
राजनीति के पाये हैं।

छोटा सा इक दीपक है,
अँधियारे मुँह बाये हैं।

भोली जनता को तुमने,
केवल ख़्वाब दिखाये हैं।

3

आज सीने से लिपट रोने लगी,
जब नदी बे आबरू होने लगी।

वो पहाड़ों से नगर तक आ गई,
लाश फिर अपनी नदी ढोने लगी।

सिलसिला बढ़ने लगा व्यभिचार का,
पाप रो रो कर नदी धोने लगी।

जब नदी उल्टी दिशा में चल पड़ी,
अस्मिता अपनी नदी खोने लगी।

मर गई संवेदना इन्सान की,
फिर नदी की आँख नम होने लगी।

जो नदी ज़िन्दा थी कल वो मर गई,
उसकी तस्वीर आज हर कोने लगी।

4

होती दरवाज़े पर दस्तक,
बैठा हूँ चुपचाप अभी तक।

आख़िर कान कहाँ तक सुनते,
नारे बहुत सुने हैं घातक।

बिडला मन्दिर में ग़रीब के,
कब तक झुके रहेंगे मस्तक।

सोचो और पहचानो उसको,
जिसने तुम्हें बनाया याचक।

घोल दिया है ज़हर किसी ने,
नीली हैं बस्तियाँ अभी तक।

कुमार रवीन्द्र

ईमेल - kumarravindra310@gmail.com
मोबाइल - 09416993264
पुस्तकें - विभिन्न विधाओं की 15 पुस्तकें प्रकाशित

1

हमें दिखा कल एक फ़ाख़्ता जंगल में,
पहले भी थे बसे देवता जंगल में।

कुछ दिन पहले एक सुनहरा हिरन दिखा,
पत्ता-पत्ता मिला काँपता जंगल में।

जिसकी आँखों में करुणा का सागर था,
वही मसीहा हुआ लापता जंगल में।

देखें बच्चे की नादानी, भटक रहा,
'अम्मा-अम्मा' वो पुकारता जंगल में।

दुनिया भर का ख़ुदा समझता था ख़ुद को,
कल वो दिखा पनाह माँगता जंगल में।

पहले उसने सारे दिये बुझा डाले,
अब वो सूरज-चाँद खोजता जंगल में।

2

अक्सर ही जो चुप रहते हैं,
सुनिए तो वो क्या कहते हैं।

जब से आये हैं सैलानी,
झरने रुक-रुककर बहते हैं।

रुख़ बदले मौसम ने जब से,
पत्ते रोज़ तपन सहते हैं।

शाह आये हैं सपने लेकर,
झील-शिकारे-वन दहते हैं।

कल मस्जिद थी गिरी कहीं पर,
आज कहीं मंदिर ढहते हैं।

3

बड़े सबेरे आई पाती,
मौसम ने भिजवाई पाती।

हमें नहीं वे अक्षर आये,
बच्चों से पढ़वाई पाती।

आधी बोली थी ख़ुशबू की,
तितली ने समझाई पाती।

एक याद थी मीठी-मीठी,
खबर उसी की लाई पाती।

ढाई आखर की कहती है,
सब कहते - बौराई पाती।

हमने सुनी कोंपलों से थी,
देती वही दुहाई पाती।

उड़ती फिरती जंगल-जंगल,
ऐसी हवा-हवाई पाती।

4

आँगन में सन्ध्याएँ आईं,
पतझर-हुईं हवाएँ आईं।

सूरज पूजेंगे - सोचा था,
छत पर घनी घटाएँ आईं।

रामराज की चर्चा थी कल,
घर-घर में विपदाएँ आईं।

'जनगणमन' यानी परजा के,
हिस्से में पीड़ाएँ आईं।

कैलेण्डर ही बदले केवल,
वही-वही घटनाएँ आईं।

'अच्छे दिन' की हुई मुनादी,
जीने की चिंताएँ आईं।

आखिर में तो काम हमारे,
पुरखिन-हुईं दुआएँ आईं।

डा. कृष्णकुमार 'नाज़'

मोबाइल - 99273-76877, 98083-15744
ईमेल - kknaaz1@gmail.com
पुस्तकें - विभिन्न विधाओं की 7 पुस्तकें प्रकाशित
पता - डा. कृष्णकुमार 'नाज़' द्वारा ज़िला गन्ना अधिकारी, गन्ना भवन, सिविल लाइंस, मुरादाबाद-244001

1

मुसाफ़िर हूँ इक अनजानी डगर का,
कुछ अंदाज़ा नहीं होता सफ़र का।

मेरे ख़्वाबों, मेरी नींदें सजा दो,
कि मैं जागा हुआ हूँ उम्रभर का।

हैं मुझमें ख़ामियाँ यूँ तो बहुत-सी,
मगर पैकर हूँ मैं इल्मो-हुनर का।

मुझे रख लो पनाहों में तुम अपनी,
भरोसा क्या भला दीवारो-दर का।

सुनो मुझसे अँधेरों की कहानी,
दिया हूँ रात के पिछले पहर का।

वो जिसने ज़िंदगी भर छाँव बाँटी,
मैं पत्ता हूँ उसी बूढ़े शजर का।

न जाने कौन मेरा मुंतज़िर है,
बुलावा है मुझे आठों पहर का।

2

हर वक़्त हूँ किसी न किसी इम्तिहान में,
शायद इसीलिए है ये तल्ख़ी ज़ुबान में।

अपनी अना की क़ैद से बाहर निकल के देख,
पैबंद लग चुके हैं तेरी आन-बान में।

सोह्बत बुरी मिली तो ग़लत काम भी हुए,
वैसे कोई कमी तो न थी ख़ानदान में।

ग़म भी, ख़ुशी भी, आह भी, आँसू भी, रंज भी,
सबको जगह मिली है मेरी दास्तान में।

नींदों की जुस्तजू में लगे हैं तमाम ख़्वाब,
सज-धज के आ गया है कोई उनके ध्यान में।

दरवाज़ा खटखटाए चले जा रहे हो 'नाज़',
लगता है कोई शख़्स नहीं है मकान में।

3

चाहत को आँसुओं के भँवर से बचा लिया,
अच्छा किया कि आपने मुझको मना लिया।

उसने भी कर लीं अपनी ख़ताएँ सभी क़ुबूल,
मैंने भी बढ़के उसको गले से लगा लिया।

फिर एक और दोस्त बनाया है आपने,
फिर एक और आपने दुश्मन बना लिया।

अहसान उसको याद दिला तो दिया मगर,
ख़ुद को ही मैंने अपनी नज़र से गिरा लिया।

दोनों तुनुकमिज़ाज थे, दोनों अना पसंद,
आपस के रखरखाव ने रिश्ता बचा लिया।

जीवन हो जैसे कोई सफ़र धूप-छाँव का,
रोया कभी मैं और कभी मुस्कुरा लिया।

चेहरों पे जिनके 'नाज़' लिखा है मुहब्बतें,
ज़हनों पे हैं निशान उन्हीं के सवालिया।

4

वफ़ा भी, प्यार भी, नफ़रत भी, बदगुमानी भी,
है सबकी तह में हक़ीक़त भी और कहानी भी।

जलो तो यूँ कि हर इक सिम्त रोशनी हो जाय,
बुझो तो यूँ कि न बाक़ी रहे निशानी भी।

ये ज़िंदगी है कि शतरंज की कोई बाज़ी,
ज़रा-सी चूक से पड़ती है मात खानी भी।

किसी की जीत का मतलब हुआ किसी की हार,
बड़ा अजीब तमाशा है ज़िंदगानी भी।

उन आँसुओं का समंदर है मेरी आँखों में,
जिन आँसुओं में है ठहराव भी, रवानी भी।

दवा की फेंकी हुई ख़ाली शीशियों की तरह,
है रास्तों की अमानत मेरी कहानी भी।

महानगर है ये, सब कुछ यहाँ पे मुमकिन है,
यहाँ बुढ़ापे-सी लगती है नौजवानी भी।

हैं चंद रोज़ के मेहमान हम सभी ऐ 'नाज़',
हमीं को करनी है ख़ुद अपनी मेज़बानी भी।

कृष्ण कुमार सैनी 'राज'

मोबाइल - 9785523855
ईमेल - Krishandausa22@gmail.com
पता - सी/21, फूल सदन, बजरंग मैदान के पास, मारुति कॉलोनी,
जिला-दौसा, राजस्थान पिन-303303

1

दिल पर किसी ख़ुमार की गफ़लत नहीं रही,
उस बेवफ़ा से अब तो मुहब्बत नहीं रही।

वो लाख क़समें खाये या मिन्नत करे तो क्या,
उस पर किसी यक़ीन की सूरत नहीं रही।

पहले के जैसे लोग यहाँ मिलते ही नहीं,
क्या दिल में अब किसी के मुहब्बत नहीं रही।

हमने तो खा लिए यहाँ धोखे भी सैकड़ों,
हमको भी शहरे -नौ की जो आदत नहीं रही।

फरियाद अब किसी से करें भी तो क्या करें,
जो सुन सके किसी की हुकूमत नहीं रही।

हम तो बड़े ख़ुलूस से लाये थे ज़ेवरात,
पर आज हमको उनकी भी चाहत नहीं रही।

ऐ 'राज' फैसले की यही थी मुझे उमीद,
मेरे तो हक़ में कोई अदालत नहीं रही।

2

तिरे लब पर हमेशा ही कोई रहता बहाना था,
तुझे भी है मुहब्बत यह मुझे यूँ आज़माना था।

मुझे तुम मिल गये मानो सभी कुछ मिल गया मुझको,
तुम्हारा प्यार ही मेरे लिये जैसे खज़ाना था।

हमेशा की तरह बारिश में मिलने रोज़ थे आते,
मुहब्बत का यक़ीं हर रोज़ यूँ तुमको दिलाना था।

जले हों लाख दिल सबके मुहब्बत देखकर मेरी,
मुझे कुछ ग़म नहीं था प्यार बस तुझ पर लुटाना था।

हवा से उड़ गए लाखों घरौंदे हम ग़रीबों के,
कभी जिनमें हमारा ख़ूबसूरत आशियाना था।

लगा है रोग सबको प्रेम का जिसका मदावा क्या,
मगर यह 'राज़' सबके सामने भी तो जताना था।

3

अभी दूर तक हमको जाना पड़ेगा,
हमें साथ दिल से निभाना पड़ेगा।

जो करते हैं फूलों की अक्सर तिजारत,
उन्हें चलके काँटों पे जाना पड़ेगा।

मुसाफिर मिले कोई भटका हुआ गर,
सही रास्ता फिर दिखाना पड़ेगा।

बुज़ुर्गों की इज़्ज़त दिखे हर नज़र में,
सभी को ये ज़िम्मा उठाना पड़ेगा।

जो रखनी है सच की हमें आबरू तो,
मिले ज़हर भी तो वो खाना पड़ेगा।

बुलायें जो महफ़िल में हमको कभी वो,
मुहब्बत की ख़ातिर तो जाना पड़ेगा।

4

किया जो प्यार तुमसे वो जताना भी ज़रूरी था,
किया वादा अगर तुमसे निभाना भी ज़रूरी था।

तुम्हारे और मेरे प्यार में दीवार जो आई,
उसे नज़दीक तक आकर गिराना भी ज़रूरी था।

कहाँ तक मैं यक़ीं करता भला तेरा सनम मेरे,
जुदा जब हो गये तो फिर भुलाना भी ज़रूरी था।

नज़र से दिल तलक मैंने बसा तुमको लिया था फिर,
तेरी हर याद पे आँसू बहाना भी ज़रूरी था।

बहुत दिल ने कहा मेरे ग़ज़ल में नाम लूँ तेरा,
मगर फिर 'राज़' सबसे ये छुपाना भी ज़रूरी था।

कृष्ण सुकुमार

मोबाइल - 9917888819
ईमेल - kktyagi.1954 @gmail.com
पुस्तकें - विभिन्न विधाओं की 7 पुस्तकें प्रकाशित
पता - कृष्ण सुकुमार, ए0 एच0 ई0 सी0, आई. आई. टी. रुड़की, रुड़की-247667 (उत्तराखण्ड)

1

समुन्दर साथ रहता है, न दरिया साथ रहता है,
मगर इक प्यास का लम्हा हमेशा साथ रहता है।

बहुत सोचा कि तन्हाई को ओढ़ूँ और सो जाऊँ,
मगर इस सोच में भी यह ज़माना साथ रहता है।

कराती है तआरूफ़ तल्ख़ियों से ज़िन्दगी जब भी,
तो बेआवाज़ कुछ टूटा हुआ-सा साथ रहता है।

किसी की बेवफ़ाई मुस्कुराती है हमेशा यूँ,
कि ख़ुद का टूटना बनकर तमाशा साथ रहता है।

गुज़श्ता दिन परिन्दों की तरह फिर फड़फड़ाते हैं,
मुसल्सल जब ख़यालों में तुम्हारा साथ रहता है।

2

मिटाया, मिट गया लेकिन मिटा सा रह गया है कुछ,
कहीं इक फ़ासिला अब भी ज़रा सा रह गया है कुछ।

अँधेरों ने कहाँ छोड़ा अभी दामन उजालों का,
अभी जलते चराग़ों में बुझा सा रह गया है कुछ।

मुसल्सल भागना ख़ुद से अभी छूटा कहाँ मेरा,
कहीं फिर भी मेरा मुझसे जुड़ा सा रह गया है कुछ।

वे क्या दिन थे जिन्हें गुज़रे ज़माना हो गया लेकिन,
तेरे स्पर्श का लम्हा थमा सा रह गया है कुछ।

बुझाया ही कहाँ तुमने मुकम्मल तौर पर ख़ुद को,
अना की राख में अब भी दबा सा रह गया है कुछ।

कमी छोड़ी कहाँ! उस से गिले शिक्वे किये सारे,
जो कहना था कहा लेकिन बचा सा रह गया है कुछ।

नहीं मुम्किन तेरी नज़रें मेरी तस्वीर तक पहुँचें,
धुआँ गीली हवाओं में जमा सा रह गया है कुछ।

ख़ता तो मान ली मैंने सज़ा भी कम नहीं पायी,
मेरे एहसास में काँटा गड़ा सा रह गया है कुछ।

कहा क्या था सुना क्या था कोई मतलब नहीं इसका,
अहम ये है रफ़ू दामन फटा सा रह गया है कुछ।

3

न जाने क्यों वो दरिया छोड़कर उस पार जाता है,
सराबों की तरफ़ प्यासा हज़ारों बार जाता है।

हुई मुश्किल सियासत अब तेरी आग़ोश में आकर,
बचाता हूँ अगर ईमान, कारोबार जाता है।

यह लगता है मेरे बच्चे बड़े होने लगे शायद,
मेरा ग़ुस्सा असर करता नहीं, बेकार जाता है।

यहाँ झुककर जो निकला है उसी का है सलामत सर,
यहाँ से सर उठाकर तो फ़क़त ख़ुद्दार जाता है।

इसे मासूमियत या फिर कहूँ चालाकियाँ उसकी,
जिता देता है वो मुझको मगर ख़ुद हार जाता है।

मेरी कमज़ोरियाँ उसके लिए ताक़त हुईं साबित,
मुझे अपनी अदाओं से वो ज़ालिम मार जाता है।

4

भरोसा इस क़दर मैंने तुम्हारे प्यार पर रक्खा,
शरारों पर चला बेख़ौफ़, सर तलवार पर रक्खा।

यक़ीनन मैं तुम्हारे घर की पुख़्ता नींव हो जाता,
मगर तुमने मुझे ढहती हुई दीवार पर रक्खा।

झुका इतना मेरी दस्तार सर पर ही रही क़ाइम,
मेरी ख़ुद्दारियों! तुमने मुझे मेयार पर रक्खा।

कभी गिनकर नहीं देखे सफ़र में मील के पत्थर,
नज़र मंज़िल पे रक्खी, हर क़दम रफ़्तार पर रक्खा।

किसी का मोतबर होना नहीं है खेल बच्चों का,
कि अपनी जीत के हर दाँव को भी हार पर रक्खा।

चुराकर नींद आँखों से ग़ज़ल ने ख़्वाब दिखलाये,
जगाकर रात भर हमको फ़क़त अशआर पर रक्खा।

गजेन्द्र श्रोत्रिय

मोबाइल - 9928158682
ईमेल - gk.sharma88@ymail.com
पता - हरनावदा शाहजी, जिला- बाराँ, राजस्थान, पिनकोड-325221

1

आज ढलती धूप सी हैं दादी नानी फिर कहाँ,
तिफ़्ल सुन ले चाँद परियों की कहानी फिर कहाँ।

घर घरौंदे गुड्डे गुड़िया राजा रानी फिर कहाँ,
कश्तियाँ काग़ज़ की ये बारिश का पानी फिर कहाँ।

छोड़ ये टीवी मोबाइल दौड़कर तितली पकड़,
बचपना जी भरके जी ऐसी रवानी फिर कहाँ।

पेड़ों की शाख़ें हैं सूनी खेल के मैदान चुप,
जूझना हालात से सीखे जवानी फिर कहाँ।

माँ के आँचल से पिता के काँधे तक फैली थी जो,
बचपने की वो हुकूमत हुक्मरानी फिर कहाँ।

बात हो उपदेश देने की किसी को मुफ़्त में,
चूकता है ऐसा मौक़ा कोई ज्ञानी फिर कहाँ।

बाग़बां दुश्मन बना है तेरा ऐ नन्ही कली,
बाग़ में तुझको मयस्सर बाग़बानी फिर कहाँ।

2

रोज फ़ित्नों में सर को खपाना हुआ,
ज़िन्दगी इस तरह बस बिताना हुआ।

जब फ़साना वफ़ा का सुनाना हुआ,
आह की आँच से दिल जलाना हुआ।

दर्द आवाज़ में आ गया यकबयक,
गीत जब भी कोई गुनगुनाना हुआ।

रोक पाया न दिल आपकी याद, जब,
चाँद का झील में झिलमिलाना हुआ।

और कुछ था मेरे आँसुओं का सबब,
आपकी याद का तो बहाना हुआ।

एक पल भी गुज़रता न था जिनके बिन,
याद उनको किए इक ज़माना हुआ।

रौनक़ें जो भी थीं साथ उनके गईं,
बंद अब उस गली आना जाना हुआ।
वो सबा है या कोई घटा साँवली,
याद करते ही मौसम सुहाना हुआ।

सोख लो बादलों आब जी भर के तुम,
कब समंदर का खाली ख़ज़ाना हुआ।

लौट आ ऐ परिंदे ज़मीं की तरफ,
आसमां मे कहाँ आशियाना हुआ।

3

फिर नहीं आता फ़लक से कोई भी जाने के बाद,
मैं बहुत रोया उसे ये बात समझाने के बाद।

बाँटकर ख़ुशियाँ सभी का दर्द अपनाने के बाद,
लुत्फ़ आया ज़िन्दगी में ये हुनर आने के बाद।

रूह में तेरा मुक़द्दस नूर आ जाने के बाद,
और क्या पाना मुझे या रब तुझे पाने के बाद।

वो नफ़स और आबो दाना गिनके करता है अता,
उड़ ही जाता है परिंदा आख़री दाने के बाद।

जाग जाता है तसव्वुफ़ देखकर जलती चिता,
फिर जहानी लोग हो जाते हैं घर जाने के बाद।

दूर ही रखना ज़रा ये हाथ हमदर्दी भरा,
दर्द बढ़ जाता है अक्सर ज़ख़्म सहलाने के बाद।

मैं हवा बनकर कभी छूने को आऊँगा तुझे,
घर खुला रखना लहद में मुझको दफ़नाने के बाद।

आसमां में लाख तारे टिमटिमाते हों भले,
नूर बढ़ता है फ़लक का चाँद के आने के बाद।

4

बेकार ही भटके तुम जंगल में गुफाओं में,
हमने तो खुदा पाया बच्चों की अदाओं में।

हर शाख़ पे चर्चा है उस मस्त परिन्दे का,
पर खोल दिये जिसने इन तुंद हवाओं में।

महफ़ूज़ बलाओं से इसने ही रखा मुझको,
ताबीज़ मुहब्बत का है माँ की दुआओं में।

दिन बीत गये कितने पहचान लिया फिर भी,
क्या खूब रफ़ाक़त है गाँवों की हवाओं में।

जो ख़्वाब निगाहों में रखते हैं बहारों के,
वो पात नहीं झड़ते पेड़ों से ख़िज़ाओं में।

मैं नूर ख़ुदा का हूँ फिर एक बशर बोला,
फिर ज़ह्र के प्याले हैं तैयार सज़ाओं में।

हर रोज़ इसे पीकर करता हूँ शिफ़ा अपनी,
जो दर्द दिया तूने शामिल है दवाओं में।

मौक़ूफ़ लबों का क्या है दर्द समझ जाओ,
आवाज़ नहीं होती ख़ामोश सदाओं में।

गुमनाम पिथौरागढ़ी

ईमेल - nkumorh@yahoo.com

1

हर घड़ी इंतज़ार कैसा है,
दिल मेरा बेक़रार कैसा है।

बुझ गया दिल खुली रहीं आँखें,
वादे पे ऐतबार कैसा है।

रात ख़्वाबों में यार देखा क्या,
रुख़ पे ऐसा निख़ार कैसा है।

देखकर बोलते हैं घर मेरा,
यादों का ये मज़ार कैसा है।

ज़ख्म क़िश्तों में अब कई मिलते,
फिर भी ग़म का उधार कैसा है।

नाम लेकर तेरा ये बजता बस,
मेरे दिल का सितार कैसा है।

धड़कनें कह रही हैं अब गुमनाम,
तू लहू में शुमार कैसा है।

2

हरेक सिम्त देखिये क़तार ही क़तार है,
ये ज़िन्दगी उधार है ये ज़िन्दगी उधार है।

सवाल आँख ने किया जवाब आँख ने दिया,
बे लफ़्ज़ बार हो गई अजब यही तो प्यार है।

मुहासे जिनको कह रहे शबाब की हैं चिट्ठियाँ,
कि जान लो वो हुस्न अब दो चार गाम पार है।

जो क़र्ज़ की मियाद थी वो ख़त्म ही नहीं हुई,
लगे कि मेरे भाग में उधार ही उधार है।

कि ज़िन्दगी रखी रही हमेशा आँच पर चढ़ी,
ये ज़िन्दगी को कह रहा है कौन शानदार है।

अ़भी जो लूट है मची कहो ये कौन रोके अब,
यहाँ पे भ्रष्ट आदमी लगे कि बेशुमार है।

3

यार कभी तो ऐसा कर,
रस्ता मेरा देखा कर।

याद किया बरसों तुझको,
एक पल तू भी सोचा कर।

अपने दाम लगा फिर तू,
हाट लगा के बेचा कर।

सूरज चाँद पकड़ने में,
जुगनू को मत छोड़ा कर।

फोन खरीदा महँगा तो,
एक दो कॉल मिलाया कर।

बन झूठा बीमार कभी,
रस्ता सबका देखा कर।

तेरा भी है नाम बहुत,
ख़ुशफ़हमी ही पाला कर।

4

पत्थरों में ख़ुदा नहीं मिलता,
हुस्न अब बावफ़ा नहीं मिलता।

जिस्म के लग चुके हैं दाम अब तो,
दिल को एक दिलरुबा नहीं मिलता।

रोड पे क़त्ल आदमीयत है,
शख़्स कोई भला नहीं मिलता।

दिल की बातों पे मत यकीं कर यार,
दिल से तो बावला नहीं मिलता।

फूँक दूँ इश्क़ में ये घर लेकिन,
क्या करूँ हौसला नहीं मिलता।

रोज़ रोज़ी की दौड़ ये गुमनाम,
भूख का घर पता नहीं मिलता।

चन्द्र भूषण मिश्र 'ग़ाफ़िल'

मोबाइल - 9532871044
ईमेल - cm07589@gmail.com
पता - आचार्य नरेन्द्र देव किसान पी. जी. कॉलेज, बभनान,
गोण्डा, उत्तर प्रदेश 271313

1

क्या बुझ सकी है प्यास किसी की शराब से,
पाएगा कोई फ़ैज़ भी क्या मह्वेख़्वाब से।

है रंज बस यही कि हमारा नहीं है यह,
शिकवा नहीं हमें है ज़रा भी गुलाब से।

चुग़ली सी कर रहा है हमारे रक़ीब की,
इक झाँकता गुलाब तुम्हारी किताब से।

हर सू से ख़ुद ही आती है वर्ना हमारा क्या,
है राबिता किसी का भी बू-ए-शबाब से।

ग़ाफ़िल किसी को इसका भी क्या इल्म है ज़रा,
मिलता मक़ाम कौन सा है इज़्तिराब से।

2

जिस तरह उल्फ़त में तेरी जल रहा हूँ,
क्या कभी इस तरह भी बेकल रहा हूँ।

ख़ुश हुआ जिसने भी ओढ़ा या बिछाया,
हर जनम मैं मख़मली कम्बल रहा हूँ।

आग है तू दूर हट ऐ जज़्बा-ए-दिल,
बर्फ़ के मानिन्द मैं अब गल रहा हूँ।

तू किसी भी तरह मेरा हो न पाया,
गो तेरी आँखों का मैं काजल रहा हूँ।

काश! तुझको इल्म हो जाता कि मैं ही,
तुझमें उल्फ़त का वो कल बल छल रहा हूँ।

नब्ज़ अपनी की शुरू क्या जाँच करनी,
लोग बोले कब का मैं पागल रहा हूँ।

वक़्त ने पकड़ाई है जो राह उस पर,
रोते हँसते गिरते उठते चल रहा हूँ।

भूल जाए लाख तू पर हर दफ़ा मैं,
खुरदुरे प्रश्नों का तेरे हल रहा हूँ।

देना तो होगा सुबूत अब तुझको ग़ाफ़िल,
मैं हूँ सोना क्यूँ कहा पीतल रहा हूँ।

3

जान ही जाओगे तुम इक दिन कहानी की वजह,
इक कशिश तो है ही दर्या के रवानी की वजह।

हर कोई मिह्मान रखता है ख़ुदा का मर्तबा,
हिन्द वालों से न पूछो मेज़बानी की वजह।

कैसे बन सकता है कोई एक अहले मुल्क के,
भूखे नंगों बेकसों के दाना पानी की वजह।

मौत पर मेरी भला क्यूँ उसका हो अब इख़्तियार,
है नहीं जो शख़्स मेरी ज़िन्दगानी की वजह।

हूँ मुसन्निफ़ तो क़सीदाकार पर हरगिज़ नहीं,
फिर कहो क्या है तुम्हारी मिह्रबानी की वजह।

होके ग़ाफ़िल देख लेना यह क़रिश्माई फ़ितूर,
कोई ऊला किस तरह बनता है सानी की वजह।

4

और अब संदेश मत भिजवाइए,
लानी हो तशरीफ़ जब भी, लाइए।

हैं नहीं कम ज़िन्दगी में पेचो ख़म,
आप भी थोड़ा बहुत उलझाइए।

तारी हो उल्फ़त का अब कुछ यूँ सुरूर,
ख़ुद बहकिए मुझको भी बहकाइए।

कौन है जो कह दिया दौराने इश्क़,
आप भी मेरी तरह शर्माइए।

आपसे उम्मीद गो ऐसी न थी,
ख़ैर फिर भी जा रहे तो जाइए।

दूध के धोए नहीं हैं आप भी,
देख मुझको मुँह न यूँ बिचकाइए।

मेरे जिस्मो जान से ग़ाफ़िल जी आज,
लीजिए वह लुत्फ़ जो ले पाइए।

जयनित कुमार मेहता

मोबाइल - 09199869986
ईमेल - jaynitkrmehta@gmail.com
पता - ग्राम-लालमोहन नगर, पो0- पहुँसरा, थाना-रानीगंज,
अररिया, बिहार 854312

1

मुझको इस तरह देखता है क्या,
मेरे चेहरे पे कुछ लिखा है क्या।

बातें करता है पारसाई की,
महकमे में नया-नया है क्या।

आज बस्ती में कितनी रौनक़ है,
कोई मुफ़लिस का घर जला है क्या।

खोए-खोए हुए से रहते हो,
प्यार तुमको भी हो गया है क्या।

दिल मेरा गुमशुदा है मुद्दत से,
फिर ये सीने में चुभ रहा है क्या।

ढूँढ़ते रहते हैं ख़ुदा को सब,
वो किसी को कभी मिला है क्या।

लापता आजकल हैं 'जय' साहब,
आपको कुछ अता-पता है क्या।

2

पर्दा जो मेरे 'मैं' का निगाहों से हट गया,
दुनिया से उस ही वक़्त मेरा जी उचट गया।

आँचल से माँ के जब भी मैं जाकर लिपट गया,
ग़म का उफ़ान मारता दरिया सिमट गया।

अटका हुआ था फाइलों में जो मुआमला,
टेबल के नीचे हाथ बढ़ाया, सलट गया।

लम्हे ज़रा सुकून के क्या वक़्त ने दिए,
झोंका तुम्हारी याद का वो भी झपट गया।

कल तक हमारी मुफ़लिसी पे हँस रहे थे वो,
मुट्ठी जो हम ने खोल दी, पांसा पलट गया।

तू किस के दम पे ख़ुद को समझता रहा अमीर,
ईमान का जहान में 'जय' मोल घट गया।

3

नींद टूटी, ख़्वाब टूटे, मैं ग़ज़ल कहने लगा,
रात, दिन, लम्हात बदले, मैं ग़ज़ल कहने लगा।

अक्स उसका दिल में उतरा, जैसे कोई शाइरी,
जागते, सोते, ठहरते, मैं ग़ज़ल कहने लगा।

हाल अपने दिल का मुझको उनसे कहना था, मगर,
सामने आकर वो बैठे, मैं ग़ज़ल कहने लगा।

उनके आने से फ़िज़ा में जश्न का माहौल है,
छेड़ दी सरगम घटा ने, मैं ग़ज़ल कहने लगा।

तज्रिबे इतने दिए थे ज़ीस्त ने मेरी... मुझे,
तज्रिबों से ले के मिसरे, मैं ग़ज़ल कहने लगा।

मुफ़लिसों की अंजुमन में झाँककर देखा तो 'जय',
क़ाफिये बिखरे पड़े थे, मैं ग़ज़ल कहने लगा।

4

रास्ते कुछ और भी थे रास्तों के दरमियां,
मंज़िलें कुछ और भी थीं मंज़िलों के दरमियां।

बेख़याली में हुई थी गुफ़्तगू नज़रों के बीच,
हो गया इक़रार लेकिन धड़कनों के दरमियां।

क्यों रहे इंसानियत से वास्ता इंसान का,
जब है दीवार-ए-सियासत मज़हबों के दरमियां।

रिश्ते-नातों को निभाने का कहाँ है वक़्त अब,
आदमी गुम हो गया है ख़्वाहिशों के दरमियां।

ये हमारी दिल की दुनिया इस क़दर वीरान है,
धूल उड़ती है यहाँ पर बारिशों के दरमियां।

दर्द-ओ-ग़म सब मेरे जब से शे'र में ढलने लगे,
बाँटता फिरता हूँ इनको महफ़िलों के दरमियां।

डॉ. ज़ियाउर रहमान ज़ाफ़री

मोबाइल - 09934847941
ईमेल -
पुस्तकें - विभिन्न विधाओं की 4 पुस्तकें प्रकाशित
पता - उच्च विद्यालय माफ़ी 2,वाया- अस्थावाँ
जिला-नालंदा, बिहार, 803107

1

परिंदा तक हमें बहला रहा है,
कबूतर ख़त कहाँ पहुँचा रहा है।

चलो सच का असर अब तक है बाक़ी
वो कहकर झूठ तो घबरा रहा है।

बस इतनी सी है दुनिया की हक़ीकत
वो आया था वो देखो जा रहा है।

सुबह सूरज के होगा सामने वो,
अभी तक चाँद तो मुस्का रहा है।

हम उससे और क्या उम्मीद रक्खें,
ये ज़ालिम ज़ुल्म ही तो ढा रहा है।

2

शहर में जो हुआ कुछ भी नहीं है,
हमें इसका पता कुछ भी नहीं है।

हमें कल गाँव को जाना पड़ेगा,
वहाँ माँ की दवा कुछ भी नहीं है।

चलो छोड़ो शिकायत और शिकवा,
मोहब्बत में ख़ता कुछ भी नहीं है।

शरीफों ने शराफ़त ओढ़ ली है,
कि जैसे माजरा कुछ भी नहीं है।

छुपाकर रख लिया फिर दर्द अपना,
वही जब देखता कुछ भी नहीं है।

3

अपने हद से गुज़र भी जाएगा,
आज वो चाँद पर भी जाएगा।

इश्क़ में इतनी मुश्किलें होंगी,
इतना नन्हा है मर भी जाएगा।

हौसले हों तो साथ देंगे सब,
इन परिंदो का पर भी जाएगा।

फिर से करना है इंतज़ार तेरा,
आज फिर दोपहर भी जाएगा।

वो करेगा मदद हमारी भी,
और एहसान कर भी जाएगा।

4

ज़िन्दगी जो हमें रुलाती है,
ज़िंदगी से ख़ुशी भी आती है।

एक दीपक को रोशनी देने,
एक बाती उसे जलाती है।

अपने चेहरे से ग़म छुपा भी लें,
आँख अपनी तो भीग जाती है।

जब भी ख़तरे क़रीब होते हैं,
माँ दुआ से हमें बचाती है।

कल भी भूखी थी आज भी भूखी,
ग़ुरबती यों बचा के खाती है।

जितेन्द्र 'जीत'

मोबाइल - 9826381985, 9827961365
ईमेल - jitendraa.jsp@gmail.com
पता - दूरदर्शन टॉवर के पास, सिविल लाइन जशपुर नगर,
जिला- जशपुर (छत्तीसगढ़) पिन : 496331

1

रोटी लिबास और ज़रूरत मकान की,
हद हो गई है तय ये मुकम्मल जहान की।

गीता को ना गुने न ही क़ुरआन की सुने,
क़ीमत अदालतों में नहीं उस ज़ुबान की।

भरते रहे हैं पेट जो जंगल को काटकर,
चिंता हुई है आज उन्हें तापमान की।

तक़रीर करने वालों कभी सच भी बोल दो,
ख़तरे में अब है आबरू हिन्दोस्तान की।

ऐ 'जीत' आ न जाएँ बग़ावत के ज़लज़ले,
अब ख़ैरियत नहीं है सितम के मकान की।

2

रूह का इस जिस्म से रिश्ता जुदा हो जाएगा,
कौन जाने कब मुक़द्दर बेवफ़ा हो जाएगा।

आ गया दौर ए नुमाइश, हुस्न अपनी हद में रह,
रेज़ा रेज़ा देख लेना आईना हो जाएगा।

मैक़दा शेरो सुख़न का रौशनी से भर गया,
अब तेरी महफ़िल में साक़ी रतजगा हो जाएगा।

साथ मेरे कारवाँ जो चल रहा है दर्द का,
देखना इक दिन दवा का क़ाफ़िला हो जाएगा।

है अदावत लाख लेकिन वो समंदर है ऐ जीत,
मैं वो नाला हूँ जो गर्मी में फ़ना हो जाएगा।

3

हमेशा दामन ए दिल तार तार रहता है,
मगर नसीब पे कब इख़्तियार रहता है।

ख़ुशी के मारे ग़िले भूल ही गया जबसे,
सुना है उसको मेरा इन्तज़ार रहता है।

तू मेरे हौसले का यूँ लगा ले अंदाज़ा,
अजीब हूँ मुझे पत्थर से प्यार रहता है।

बग़ैर उसके गुज़रती है जिन्दगी लेकिन,
हमेशा यादों का दिल में ग़ुबार रहता है।

वही बता दे मुझे जीत मैं कहाँ जाऊँ,
उसी के नाम से दिल सोगवार रहता है।

4

बुलंदी पे न इतराना वो पस्ती भेज देता है,
ग़ुरूर आए दरख़्तों को तो आँधी भेज देता है।

उतर जाता है जब शेरे बबर भी ज़ुल्म करने पर,
ख़ुदाया पाक जंगल में शिकारी भेज देता है।

अगर वो चाहता मिलना तो मुझको फोन कर लेता,
महज़ खानापूरी करता है चिट्ठी भेज देता है।

लिखी थी शायरे मुफ़लिस ने उसकी याद में नज़्में,
मगर बाज़ार में गीतों की पोथी भेज देता है।

गुज़ारा वक़्त साये में किया खाना जहाँ हासिल,
वो ऐसे पेड़ को तोहफ़े में आरी भेज देता है।

असर होता है जीत इतना बुज़ुर्गों की दुआओं में,
हिला दे लब तो रब सूखे में पानी भेज देता है।

दयाराम मेठानी

मोबाइल - 9413271228
ईमेल - tarundesh10@gmail.com
पुस्तक - कुछ तुम चलो, कुछ हम चलें (मुक्तक संग्रह)
पता - तरुणदेश कार्यालय नागौरी गार्डन, भीलवाड़ा - 311001

1

आग नफ़रत की लगी सारे चमन में आजकल,
बेवजह हम जल रहे अपने वतन में आजकल।

अर्थ मज़हब का सिखाया द्वेष करना किस लिये,
खूब घी हैं डालते नेता हवन में आजकल।

मारने की बात में है क्या रखा ये सोचिये,
बात गाँधी की नहीं है क्यों चलन में आजकल।

प्यार से मिलना मिलाना हो गया क्यों बंद है,
ये हुआ क्या जल रहे हम सब जलन में आजकल।

बुझ रही है जोत क्यों सद्भावना की सोचिये,
द्वेष 'मेठानी' बहुत फैला पवन में आजकल।

2

याद ये दुनिया करे ऐसी निशानी छोड़ जा,
जोश भर दे जो सभी में वो जवानी छोड़ जा।

नाम पर तेरे कभी कोई उदासी हो नहीं,
प्यार से भरपूर कुछ यादें सुहानी छोड़ जा।

जान अपनी देश की खातिर लुटा दे शान से,
हर किसी की आँख में दो बूँद पानी छोड़ जा।

हो भरोसा हर किसी को बात पर तेरी सदा,
प्रेरणा दे जो सभी को वो बयानी छोड़ जा।

मौत आती है सभी को देख 'मेठानी' यहाँ,
गर्व मरने का मिले ऐसी कहानी छोड़ जा।

3

वक़्त से नज़रें मिलाना आ गया,
ज़िन्दगी में मुस्कराना आ गया।

वक़्त अच्छा या बुरा होता नहीं,
गर हमें उससे निभाना आ गया।

जंग है यह ज़िन्दगी तो जंग कर,
देख मौसम भी सुहाना आ गया।

फूल भी अंगार जैसे हो गये,
आग अब उनको लगाना आ गया।

बढ़ गई है आज नफ़रत हर जगह,
हर किसी को घर जलाना आ गया।

फूल कर इतरा रहे हो किसलिये,
रंग गिरगिट सा बनाना आ गया।

कौन 'मेठानी' वफा हमसे करे,
है सभी को दिल दुखाना आ गया।

4

उसे आज अपना बनाने चला हूँ,
फ़साने पुराने भुलाने चला हूँ।

छिपाया नहीं कुछ किसी से कभी भी,
उन्हें घाव दिल का दिखाने चला हूँ।

न शिकवा, न कोई, ग़िला है किसी से,
कहानी वफ़ा की निभाने चला हूँ।

अमीरी ग़रीबी मिटा कर जियें हम,
नई एक दुनिया बसाने चला हूँ।

वतन के लिये अब नहीं चुप रहूँगा,
शहीदी तराने सुनाने चला हूँ।

दिनेश कुमार

मोबाइल - 9896755813
ईमेल - dinesh.oct77@gmail.com
पता - नज़दीक पोस्ट ऑफिस, पूँडरी-136026, जिला-कैथल
हरियाणा

1

मुक़द्दर साथ जो देता हमारा,
तो होता ख़्वाब हर सच्चा हमारा।

कभी वो नाम से हमको पुकारें,
यही था ख़्वाब छोटा सा हमारा।

पसे मंज़र हमारी मुफ़लिसी थी,
घटा जो अहले-दिल रुतबा हमारा।

कहा था झूठ को बस झूठ हमने,
रहा फिर बज़्म में चर्चा हमारा।

करेंगे वो ही जो मन में है ठानी,
न बेशक साथ दे दुनिया हमारा।

नई पीढ़ी के हम भी रहनुमा हैं,
है मिस्ले-नूर नक़्शे-पा हमारा।

2

फ़र्ज़ अपना तू निभा दे भाई,
अपने बच्चों को पढ़ा दे भाई।

तेरी आँखों में समन्दर है रुका,
क्या हुआ कुछ तो बता दे भाई।

कितने पैसों में बिके तेरा ज़मीर,
अपनी औक़ात दिखा दे भाई।

तू फ़रिश्ता है यक़ीं आ जाए,
ये नक़ाब अपना हटा दे भाई।

आज तो तुझसे मुख़ातिब हूँ मैं,
सब ग़िले शिकवे भुला दे भाई।

रूह का चैन अगर चाहे तो,
तू किसी को न दगा दे भाई।

3

मेरी इस ज़िन्दगी का तू सबब है,
तेरे होने से मेरी रोज़ो शब है।

है तेरे नाम से पहचान मेरी,
मुक़द्दर का मेरे तू ही लक़ब है।

ये मेरा ज़हन रौशन है तुझी से,
तू मेरी शायरी इल्मो अदब है।

बदलना जिस्म का, आवागमन ये,
नहीं बर्दाश्त होता मुझसे अब है।

बरसती है जो मेरे घट में अक्सर,
मुझे उस क़ुदरती मय की तलब है।

4

मेरे अहसास ने परखा बहुत है,
म'आनी इश्क़ का गहरा बहुत है।

पड़ी है ईद दीवाली इकट्ठा,
नगर में आज सन्नाटा बहुत है।

गया परदेस बूढ़ी माँ का बेटा,
बहाना जो भी हो, थोथा बहुत है।

कमा कर भेजता है माँ को पैसे,
मगर इक माँ को क्या इतना बहुत है।

भँवर में जो फँसा हो उससे पूछो,
सहारे के लिए तिनका बहुत है।

बिसाते-वक़्त पर ख़्वाबों की बाज़ी,
हमारी हार का ख़तरा बहुत है।

डॉ. दिनेश त्रिपाठी 'शम्स'

ईमेल - yogishams@yahoo.com

मोबाइल - 09559304131

पुस्तकें - जनकवि बंशीधर शुक्ल का खड़ी बोली काव्य (शोध प्रबंध)
आँखों में आब रहने दे (ग़ज़ल संग्रह)

पता - जवाहर नवोदय विद्यालय, ग्रा.-घुघुलपुर,
पो.- देवरिया 271201 जिला-बलरामपुर, उत्तर प्रदेश

1

हम नहीं डरते तिमिर के ज़ोर से,
अन्ततः हम जा मिलेंगे भोर से।

आपकी निष्ठा अभी संदिग्ध है,
सच बताएँ आप हैं किस ओर से।

हम चले आते हैं खिंचकर आप तक,
हम बँधे हैं प्रीति वाली डोर से।

लूटने को आ गए डाकू कई,
मुक्ति हमको मिल गयी जब चोर से।

मन के कोलाहल से बचने के लिए,
हम मिले हैं दुनिया भर के शोर से।

वो हमें कब तक करेंगे अनसुना,
आइये हम और चीखें ज़ोर से।

शम्स कुछ भी तो नहीं बोले मगर,
कह दिया सब कुछ नयन की कोर से।

2

क्यों उपेक्षित हैं हमारी प्रार्थनाएँ,
देवता इस प्रश्न का उत्तर बताएँ।

आपको उनसे निराशा ही मिलेगी,
मत तलाशें इस कदर संभावनाएँ।

लग गयी हैं स्वार्थ के झोंकों से हिलने,
सिर्फ खूँटी पर टँगी हैं आस्थाएँ।

कुछ हमारे मौन का भी अर्थ समझें,
हो नहीं पातीं मुखर कुछ भावनाएँ।

अब हमारे देश में है लोकशाही,
आइये इस चुटकुले पर मुस्कुराएँ।

जब किया है प्यार का बेशर्त सौदा,
फिर नफ़ा नुक़सान क्या जोड़े-घटाएँ।

3

बताऊँ कैसे तुम्हें क्या है अपना हाल मियाँ,
यहाँ तो ज़िन्दगी ही बन गयी सवाल मियाँ।

बड़ा है शोर तरक़्क़ी का हर तरफ़ लेकिन,
हमें नसीब नहीं अब भी रोटी-दाल मियाँ।

हमारे दौर का अहसास मर गया शायद,
किसी भी अश्क को मिलता नहीं रुमाल मियाँ।

भरोसा करके जिन्हें रहनुमा चुना हमने,
हमारे हक़ का वही काट रहे माल मियाँ।

समझ गयी है तुम्हारा फ़रेब हर मछली,
चलो समेट लो अब तुम भी अपना जाल मियाँ।

हैं कौन लोग लुटेरे हमारी ख़ुशियों के,
हमारे मन में भी अब उठते हैं सवाल मियाँ।

4

ये विषय है नहीं सिर्फ उपहास का,
कुछ तो उपचार हो युग के संत्रास का।

वृक्ष अब बाँटने लग गए धूप हैं,
आजकल घोर संकट है विश्वास का।

मैं हूँ तपती दुपहरी का नायक मुझे,
व्यर्थ लालच न दें अपने मधुमास का।

तृप्ति की याचना कैसे कर लूँ भला,
मैं समर्थक रहा हूँ सदा प्यास का।

डूबने लग गई वक़्त की नब्ज़ है,
छोड़िए सिलसिला हास-परिहास का।

लेखनी कवि की सोई नहीं है अभी,
दीप अब भी बुझा है नहीं आस का।

दिलबागसिंह विर्क

मोबाइल - 95415-21947
ईमेल - dilbagvirk23@gmail.com
पुस्तकें - विभिन्न विधाओं की 9 पुस्तकें प्रकाशित
पता - VPO. – मसीताँ, डबवाली, सिरसा, हरियाणा - 125104,

1

कुछ नया इसमें नहीं, गाथा पुरानी दे गया,
यार मेरा आँख को नमकीन पानी दे गया।

मैं इसे सबको सुनाऊँ, लोग सुनते झूम के,
वो जलाकर दिल मेरा, मुझको कहानी दे गया।

भूल सकता हूँ भला मैं किस तरह उसको बता,
याद करने को तड़पता दिल निशानी दे गया।

हक़ उसे तो है मुकरने का मगर मुझको नहीं,
ले हलफ़नामा गया, वादा ज़ुबानी दे गया।

बाद मुद्दत जी रहे जिनको लगाकर हम गले,
प्यार करके 'विर्क' वो यादें सुहानी दे गया।

2

दर्द देगी यहाँ साफ़गोई सदा,
सीख लो बात को तुम घुमाना ज़रा।

तुम बुरा मानते, बात ये और है,
जो लगा ठीक मुझको वही तो कहा।

है वहीं, ढूँढ़ना आदमी में उसे,
आदमी से जुदा कब हुआ है ख़ुदा।

चाहिए उम्र इसको न आसान ये,
एक दिन में पनपता नहीं फ़लसफ़ा।

ख़ूबसूरत बनेगा इसी से यहाँ,
'विर्क' फैले मुहब्बत, करो ये दुआ।

3

राह ख़ुदा की पाई है,
जिसने प्रीत निभाई है।

ऊँचाई देती है वो,
भीतर जो गहराई है।

जब से मैंने इश्क़ किया,
मुझ पर मस्ती छाई है।

सीने से लगकर यारों,
भर देना जो खाई है।

भीड़ रहे इस धरती पर,
चोटी पर तन्हाई है।

निकली है मेरे दिल से,
'विर्क' ग़ज़ल जो गाई है।

4

इस दिल ने नादानी में,
आग लगा दी पानी में।

वादे सारे ख़ाक हुए,
आया मोड़ कहानी में।

तेरी याद दिलाती है,
है ये दोष निशानी में।

कब उल्फ़त को जान सके,
लोग फँसे नादानी में।

या रब! ऐसा क्यों होता,
दुःख हर प्रेम कहानी में।

टूटा दिल, बहते आँसू,
पाये 'विर्क' जवानी में।

दीपक गोस्वामी 'चिराग़'

मोबाइल - 9548812618
ईमेल - deepakchirag.goswami@gmail.com
पुस्तक - भाव पंछी (कविता संग्रह)
पता - शिव बाबा सदन, निकट एस. बी. कानवेंट.स्कूल,
कृष्णा कुंज, बहजोई, सम्भल (उ.प्र.), (244410)

1

क़ैसे हम लाचार हो गये,
अपनों पर ही भार हो गये।

बहू कह रही जाओगे कब,
पूरे अस्सी पार हो गये।

दौलत, शोहरत, रिश्वत मित्रों,
जीवन के अब सार हो गये।

रंग बदलती इस दुनिया में,
सभी हुनर बेकार हो गये।

ख़ुशबू नहीं चुभन देते हैं,
फूल सभी अब खार हो गये।

कब तक रुकते ये नयनों में,
आँसू जब जलधार हो गये।

काम-क्रोध की इस ज्वाला में,
सुख सब जलकर क्षार हो गये।

2

मैं ग़ज़ल वो कहूँ, जो सुहानी लगे,
बहती नदिया की, जैसे रवानी लगे।

आते-जाते हैं यों तो, जहां में सभी,
कर्म वो कर चलो, जो निशानी लगे।

रिश्ते बनते बिगड़ते हैं, ज्यों बदलियाँ,
गुड्डे-गुड़ियों की, जैसे कहानी लगे।

वो शराफ़त न जाने, कहाँ खो गई,
नन्ही तितली भी, इनको जवानी लगे।

वेमुरब्बत हुए हैं, वो कुछ इस क़दर,
मेरे आँसू भी उनको, तो पानी लगे।

श्याम बन कर तो, कोई दिखाता नहीं,
फिर क्यों मीरा कोई, भी दिवानी लगे।

3

ज़िन्दगी को दोस्तों कुछ, यों बिताना चाहिए,
आदमी को आदमी के, काम आना चाहिए।

दिल को तुम पत्थर करो, चाहो तो अपने दर्द पर,
दूसरों की पीर पर, आँसू बहाना चाहिए।

चाहे घर कोई बने नहीं, गॉड का, भगवान का,
टूटता जो झोंपड़ा हो, फिर बनाना चाहिए।

पालनों को सीख दो मत, धर्म की और जाति की,
ढाई आखर प्रेम का, उनको पढ़ाना चाहिए।

लक्ष्य हो चाहे हिमालय, देख कर डरना नहीं
ज़ोर अपने बाजुओं का, आज़माना चाहिए।

4

छोड़ती साथ जब भी, हैं परछाइयाँ,
रास आती बहुत तब, ये तन्हाइयाँ।

हुस्न ने यों तो रुसवा, किया इश्क़ को,
रास आ ही गयी, अब तो रुसवाइयाँ।

बज़्मे-उल्फ़त उजाड़ी, गयी इस क़दर,
अब तो बजती न मन में, भी शहनाइयाँ।

जब कि टाँके हरे हैं, मेरे जिस्म के,
फिर क्यों लेते हैं,ऐसे वो अँगड़ाइयाँ।

मेरा दिल तो संमुदर है, इक प्रेम का,
कैसे नापोगे, चाहत की गहराइयाँ।

डॉ0 दुर्गाशंकर श्रीवास्तव

मोबाइल - 9425362922
ईमेल - drdsshrivastava70@gmail.com
पता - कल्याणपुर रोड,पुरानी बस्ती, वार्ड नं0 38 शहडोल म0प्र0

1

होगी मसर्रतों की यूँ बरसात कुछ न कुछ,
मिलती रहे सभी को ये सौग़ात कुछ न कुछ।

तूफ़ां तो ज़िन्दगी में भी आते रहे बहुत,
लड़ता रहा हूँ खुद से मैं दिनरात कुछ न कुछ।

अहबाब बन के दिल में वो रहते रहे मेरे,
करते रहे हैं रोज़ ही आघात कुछ न कुछ।

सूनी पड़ी हैं महफिलें क्यों आज हर जगह,
बदले से लग रहे हैं ये हालात कुछ न कुछ।

किससे कहें ये खेल तो तक़दीर का ही है,
हिस्से में सबके आएगी ख़ैरात कुछ न कुछ।

2

साँसों में अब तलक जो महकते हैं रात-दिन,
अक्सर वही तो ख़्वाब में बसते हैं रात दिन।

कहते किसे हैं इश्क़, ये मुझको पता नहीं,
लेकिन किसी के ग़म में सिसकते हैं रात दिन।

होते नहीं हैं ख़्वाब मुकम्मल यहाँ पे जो,
बनकर दिलों में दर्द वो रिसते हैं रात-दिन।

मुददत हुई है ख़्वाब में उनसे मिले हुए,
दीदार को तेरे ही, तरसते हैं रात दिन।

देखा नहीं नसीब में, ख़ुशियाँ यहाँ कभी,
अपने ग़मों के साथ वो, जलते हैं रात-दिन।

3

हिस्से में पाई के अलावा कुछ नहीं मिला,
मुझको तो राई के अलावा कुछ नहीं मिला।

मैंने तो सारी ज़िन्दगी बोला है सच यहाँ,
अब तक बुराई के अलावा कुछ नहीं मिला।

तनहा खड़ा था सच को सीने से लगा के मैं,
बस एक जुदाई के अलावा कुछ नहीं मिला।

करता रहा भलाई मैं हर एक शख्स की,
फिर क्यों लड़ाई के अलावा कुछ नहीं मिला।

मेरी ख़ुशी तो लोगों से देखी नहीं गई,
दिल में खटाई के अलावा कुछ नहीं मिला।

4

मुहब्बत में किया वादा निभाना भी नहीं आया,
ग़मों में साथ चलने को ज़माना भी नहीं आया।

लगाये थे कभी हमने सभी के ज़ख़्म सीने में,
मगर इनको मुझे अपना बनाना भी नहीं आया।

हमें तो याद है अब तक मुहब्बत की सभी बातें,
हमें तो इश्क़ में वादे भुलाना भी नहीं आया।

दिया था बेवफ़ाई का सिला जो आज तक हमको,
ज़ुबां में दर्द का अब तक फ़साना भी नहीं आया।

हमारी इस उदासी का नहीं पूछा सबब हमसे,
मनाने का कभी तुमको बहाना भी नहीं आया।

मुनासिब भी नहीं समझा हमारे साथ चलने को,
इन्हें तो ज़ख़्म में मरहम लगाना भी नहीं आया।

नज़्म सुभाष

मोबाइल - 92 35 79 29 04
ईमेल - nazmsubhash97@gmail.com
पता - 356/केसी - 208 कनकसिटी, आलमनगर,
लखनऊ-226017

1

मोगरे से प्यार दुनिया को दिखाने के लिए,
रातरानी चाहिए नींदें उड़ाने के लिए।

और चेह्रा है कोई, जो कर रहा गुस्ताख़ियाँ,
ये डमी है सामने आँसू बहाने के लिए।

उफ़ जवानी ख़्वाहिशों के बोझ में ही दफ़्न है,
लौट आए काश! बचपन खिलखिलाने के लिए।

दोस्ती में 'अर्थ' की उम्मीद मत करना कभी,
दोस्ती होती नहीं है आज़माने के लिए।

क़त्ल की चर्चा नहीं, बस न्यूज़ इतनी छाप दो,
आ चुके थे लोग सब मातम मनाने के लिए।

रुख़सती का वक़्त है, कुछ मत कहो कुछ मत सुनो,
अश्कतर जज़्बात हैं सब कुछ बताने के लिए।

रोशनी के जश्न पर घायल पतिंगे सोचते,
तीरगी से रूबरू होते ज़माने के लिए।

2

अभी तक तो कहीं बहका नहीं है,
नशे में है,मगर पीता नहीं है।

तुम्हीं सच बोल दो जो बोलना है,
कहूँ मैं क्या कि - वो झूठा नहीं है।

सफ़र में दूर तक चलना पड़ेगा,
उधर नज़दीक का रस्ता नहीं है।

यहाँ बारूद की खेती मुनासिब,
गुलाबों से अगर बचता नहीं है।

उसे है तोड़ती बेरोज़गारी,
वगरना आदमी टूटा नहीं है।

अहिल्या के लिए अफ़सोस होगा,
लिहाज़ा चाँद भी चमका नहीं है।

तुझे महसूस करता हूँ हमेशा,
कभी जी भर तुझे देखा नहीं है।

3

चील-कौवे, बाढ़,लाशें,नाव,पानी देखिए,
आँकड़ों में देश की स्वर्णिम कहानी देखिए।

सूखते तालाब में ज़िंदा हैं कैसे मछलियाँ,
केंचुओं के जिस्म पर चस्पा निशानी देखिए।

राष्ट्र की इस नींव को दीमक लगी है चाटने,
आप आतिशबाज़ियाँ ही आसमानी देखिए।

कोर्ट से वह छूट आया बन नपुंसक ही सही,
आप तो बस पेट में पलती निशानी देखिए।

कुर्सियों की कामना मातम धुनें फिर से बजें,
खिलखिलाती ड्रैकुला की राजधानी देखिए।

हिंदू -मुस्लिम से इतर मुद्दे यहाँ खामोश हैं,
ये हमारे वक़्त की मुर्दा जवानी देखिए।

4

जो तुम्हारे मशवरे हैं,
जानता हूँ विष भरे हैं।

एक तूफां छू गया था,
पेड़ ये बेहद डरे हैं।

आँकड़ों का जश्न देखो,
असलियत से जो परे हैं।

जो बनाते हैं खिलौने,
हाथ कितने खुरदरे हैं।

फिर नया उन्माद ज़ारी,
कुछ मरे कुछ अधमरे हैं।

मत कुरेदो यूँ दुबारा,
ज़ख़्म जो अबतक हरे हैं।

और अच्छे हैं यहाँ पर,
एक हम सबसे बुरे हैं।

निशा कोठारी

मोबाइल - 9831063444
ईमेल - nishakothari26@gmail.com
पता - 5 सी/एफ अन्नदा नियोगी लेन, बाग़ बाज़ार,
कोलकाता 700003

1

ज़ीस्त का लंबा सफ़र कैसे ठहर जाऊँ मैं,
सिलसिला ख़त्म हो साँसों का तो घर जाऊँ मैं।

सिर्फ़ जीने के लिए हद से गुज़र जाऊँ मैं,
जो न करना था कभी क्या वही कर जाऊँ मैं।

कोई दूजा ही नहीं है तो मिलूँ भी किस से,
तू ही बतला कि कहाँ तुझसे, इतर जाऊँ मैं।

मेरा होना ही अगर है तेरे होने का सबूत,
तुझको रोशन जो करूँ ख़ुद भी निखर जाऊँ मैं।

लोग मिलते हैं बिछड़ जाते हैं मुझसे अक्सर,
ख़ुद से मिलने को, बता तू कि, किधर जाऊँ मैं।

इस बहाने ही सही पहलू में बैठें वो मेरे,
उनकी क़ुर्बत के लिए सौ दफ़ा मर जाऊँ मैं।

2

ख़्वाब से सच हुई कहानी है,
जब मिली आपकी निशानी है।

मौत से भी करूँ तिज़ारत मैं,
एक मुस्कान बस कमानी है।

नाम उसका ज़ुबां नहीं लेगी,
प्रीत की रीत भी निभानी है।

रूह को पाक रख सकूँ मौला,
जिस्म की जात आनी जानी है।

टूटकर फिर दुआ क़ुबूलेगा,
इक सितारे ने आज ठानी है।

उम्र के क़ातिलाना हासिल से,
देख मासूमियत बचानी है।

तब तलक मिल नही सकेंगे हम,
जब तलक 'मैं' की दरमियानी है।

माँ जुटी है रसोई में दिन भर,
आज घर पूरा ज़ाफ़रानी है।

आँख झुक जाए आँख मिलते ही,
आँख में अब कहाँ वो पानी है।

3

उजाले की ज़रा सी शै दिखा दो,
हूँ गहरी नींद में मुझको जगा दो।

नहीं कट जाए यूँ ही उम्र सारी,
इन आँखों में कोई सपना बसा दो।

अँधेरों में भटक जाने से पहले,
मेरी रातों को सुबहों का पता दो।

न जाने छोड़ दे कब रूह इसको,
सरापा जिस्म नेकी में लगा दो।

जिए ही जा रहे जीवन पे जीवन,
कोई अब ज़िन्दगी जीना सिखा दो।

4

फ़ाक़ों में कैसे इतने,पुरनूर हो गए तुम,
ये कौन से नशे में यूँ चूर हो गए तुम।

सजदे में सर न झुकता झुकते हो इश्क़ में बस,
दीवानगी में इतने मशहूर हो गए तुम।

कैसी अगन लगी है, किसकी लगन में गुम हो,
सब कह रहे यहाँ पर, मग़रूर हो गए तुम।

कुछ मायने हैं मिलते होते हो साथ जब भी,
दिल से निभायें सब वो, दस्तूर हो गए तुम।

पानी-सा अक्स पाया, हर हाल में मगन हो,
हर दिल अज़ीज़ सबको, मंज़ूर हो गए तुम।

इस पार को भुलाकर उस पार क्यों खिंचे हो,
हो आस-पास फिर भी क्यों दूर हो गए तुम।

जन्मों से जिस्म बहता सदियों से रूह प्यासी,
किसकी वजह से इतने मजबूर हो गए तुम।

पुरु मालव

मोबाइल - 9928426490
ईमेल - purumalav@gmail.com
पता - कृषि उपज मण्डी के पास, अकलेरा रोड, छीपा बड़ौद
जिला-बाराँ, राजस्थान 325221

1

न यूँ ठहरो अभी चलना बहुत है,
कि मंज़िल दूर है, रस्ता बहुत है।

परीशां हूँ ज़माने भर की ख़ातिर,
तेरा ग़म है मगर थोड़ा बहुत है।

तेरे इसरार पे मैं रुक भी जाऊँ,
मगर मुझको अभी चलना बहुत है।

वफ़ा की राह में चल तो रहे हैं,
मगर इस राह में धोखा बहुत है।

कदम रखने से पहले सोच भी लो,
ये दरिया इश्क़ का गहरा बहुत है।

फ़क़त मैं ही नहीं हूँ ग़मज़दा 'पुरु',
फ़लक पर चाँद भी तनहा बहुत है।

2

पग -पग पर इतने ख़तरे हैं,
साये से भी हम डरते हैं।

भूख, ग़रीबी, दुःख,बीमारी,
ये सारे अपने हिस्से हैं।

यदि न यक़ीं हो तो खुद चख ले,
मेहनत के सब फल मीठे हैं।

पहली बार मिले जैसे हम,
आओ फिर वैसे मिलते हैं।

एशो -इशरत दुनिया उनकी,
दुःख सारे अपने हिस्से हैं।

आज़ादी को बरसों बीते,
हम अब तक भूखे-नंगे हैं।

जो कुछ भी है यही है 'पुरु' अब,
इसको ही दुनिया कहते हैं।

3

और इक आसमान बाक़ी है,
पर खुले रख उड़ान बाक़ी है।

हम चले आये हैं बलंदी तक,
पर अभी तो ढलान बाक़ी है।

हादसा था गुज़र गया ये तो,
पर अभी इम्तहान बाक़ी है।

कुछ जिगर में है हौसला बाक़ी,
कुछ बदन में थकान बाक़ी है।

अब बचा क्या है तन के पंजर में,
एक नन्ही -सी जान बाक़ी है।

4

मेरी आँखों में हैं ख़्वाबों की तरह,
चंद चेहरे थे गुलाबों की तरह।

रफ़्ता-रफ़्ता मैं जिन्हें पढ़ता रहा,
तेरी यादें थीं किताबों की तरह।

बारहा मैं लौट -लौट आया यहीं,
रास्ते सब थे सराबों की तरह।

कुछ कहें या चुप रहें क्या कीजिए,
हैं सवाल उनके जवाबों की तरह।

हाले -दिल हम आपसे कैसे कहें,
आप सुनते हैं नवाबों की तरह।

इक नदी थी नूर -सी बहती हुई,
एक जंगल था हिजाबों की तरह।

प्रभात कुमार गुप्ता

मोबाइल - 7003348404
ईमेल - prabhatgupta0804@gmail.com
पता - 597/ 5 जी.टी. रोड, पोस्ट ऑफिस-वैद्यबटी, हुगली
पश्चिम बंगाल - 712222

1.

आँख सपने सजाती रही रात भर,
पास तुझको बुलाती रही रात भर।

आओगे या नहीं यार मिलने को तुम,
बेकली ये जगाती रही रात भर।

चाँद भी राह तेरी ये तकता रहा,
चाँदनी मुस्कुराती रही रात भर।

रात ख़ामोश सी रुत भी मदहोश सी,
शबनमों में नहाती रही रात भर।

साज़िशें ये हवा आज फिर कर रही,
ख़ुशबुओं को बहाती रही रात भर।

रात भी तेरी यादों में सोई नहीं,
जुगनुओं को जलाती रही रात भर।

2

यार से शिकवा करूँ तो वो ख़फ़ा हो जाएगा,
इश्क़ का ईनाम फिर तो बेमज़ा हो जाएगा।

जो उठा तूफ़ान यारों वो फ़ना हो जाएगा,
गर ख़ुदा ये चाह लेगा सब हवा हो जाएगा।

चाँद आयेगा नज़र तुमको अँधेरी रात में,
जब किसी के इश्क़ में तुमको नशा हो जाएगा।

रात होगी जो अँधेरी वो डरा के जाएगी,
रौशनी जब आएगी तो सब भला हो जाएगा।

कह रहा हूँ प्यार थोड़ा कर ही लो तुम भी प्रभात,
प्यार जब तुमको मिलेगा दिल हरा हो जाएगा।

3

फ़िज़ा में फैली है खुश्बू गगन में मेघ काले हैं,
अँधेरी रात उसी से है सुबह के तेज़ उजाले हैं।

ख़ुदा की रहमतों के हर तरफ़ फैले उजाले है,
कहीं जलते दिये भी हैं गगन पे मेघ काले हैं।

पता है उन दरख़्तों को जो तूफ़ानों में हैं उजड़े,
उगेगी शाख फिर उनपे जुनूं उनकी मिसालें हैं।

लगा था खून कपड़ों पर पड़ी थी लाश आँगन में,
मरा था जो अकेला था घरों पे आज ताले हैं।

जलाकर जिस को रोया था वो अर्थी थी जवाबों की,
छिपाकर राज़ जो रखे वो अब तेरे हवाले है।

4

जो जानवर था आदमी फिर जानवर न हो,
इंसानियत में जी सके कोई भी डर न हो।

मरते रहे जो देश बचाने के वास्ते,
उन सैनिकों की जान पे कोई कहर न हो।

पी ज़हर को जो प्यार का बेचैन था ये दिल,
आँसू बहे न उसके उसे ये ख़बर न हो।

जो कट रहे हैं पेड़ ख़ुदा इक दुआ ये है,
उस पेड़ पर किसी भी परिंदे का घर न हो।

जिस राह पर चला है भले रास्ता नया,
जो गिर पड़ा तू हौसले में कुछ असर न हो।

बलराम धाकड़

मोबाइल - 9826932529
ईमेल - balramdhakar@gmail.com
पता - 132, साउथ एवेन्यू, गुलमोहर, भोपाल

1

जम्हूरियत है, ज़रा सँभल के, सवाल पूछो, निज़ाम ख़ुश है,
जबाव दो, हाँ, झुकाए गरदन, सवाल ये है, ग़ुलाम ख़ुश है?

तिलिस्म ऐसा कि जिसकी ज़द में बदी-ओ-नेकी रवां-रवां है,
चलो हवा में उछाल दो फिर वो चार जुमले अवाम ख़ुश है।

वफ़ा फ़रेबी भले है दुनिया, मगर वफ़ा की ग़रज़ है किसको,
चलन वफ़ा का अजीब देखा, सभी हैं नंगे हमाम ख़ुश है।

वतन की ख़ातिर अदा किया तो सुना है जन्नत नसीब होगी,
नमक है दोनों में एक जैसा, हलाल ख़ुश है हराम ख़ुश है।

है काम जिनका ग़रीब का हक़, निज़ाम से लेके उनको देना,
उन्हीं की जूठन ज़रा सी खाकर, हमारी जनता तमाम ख़ुश है।

ये मस्जिदों मन्दिरों की सीढ़ी पे भूखे नंगे यतीम बच्चे,
सब इनकी हालत से ग़मज़दा हैं, रहीम ख़ुश है न राम ख़ुश है।

2

नये दौर का नया ज़माना, बढ़िया है,
अंधी जनता, राजा काना, बढ़िया है।

अभी यही तो उन्नति की परिभाषा है,
जंगल काटो, पेड़ लगाना, बढ़िया है।

अपना राग अलापो अपनी सत्ता है,
अपने मुँह मिट्ठू बन जाना, बढ़िया है।

नई सियासत में तबदीली आई है,
आग लगाकर आग बुझाना बढ़िया है।

हत्या करना बीते युग की बात हुई,
अब दुश्मन की साख मिटाना, बढ़िया है।

अगर कोख में बिटिया अब तक ज़िंदा है,
खूब पढ़ाना, खूब बढ़ाना, बढ़िया है।

नहीं ज़ियादा की हमको दरकार सुनो,
रोज़ उड़ाना, रोज़ कमाना, बढ़िया है।

सारी बस्ती जल जाए तो जल जाए,
अपना छप्पर आप बचाना, बढ़िया है।

3

चलो ये मान लेते हैं कि दफ़्तर तक पहुँचती है,
मगर क्या वाक़ई ये डाक अफ़सर तक पहुँचती है।

नज़र मेरी सितारों के बराबर तक पहुँचती है,
दिया हूँ, रोशनी मेरी हर इक घर तक पहुँचती है।

वहाँ कैसा नज़ारा है, चलो देखें, ज़रा सोचें,
नज़र सैयाद की चींटी के अब पर तक पहुँचती है।

शरीफ़ों की हवेली में ये आहें गूँजती तो हैं,
ज़रा धीरे भरो सिसकी, ये बाहर तक पहुँचती है।

किसी से भी पता पूछा नहीं उसने कभी लेकिन,
नदी अपनी मशक़्क़त से समन्दर तक पहुँचती है।

जुआ उसने नहीं खेला, कभी चाही नहीं सत्ता,
बताओ द्रौपदी क्यों कर के चौसर तक पहुँचती है।

मियाँ, इसकी करो कोई शिफ़ा ये जानलेवा है,
ये बीमारी जो बढ़ती है, कलेवर तक पहुँचती है।

तुम्हारी पैतरेबाज़ी से दिल्ली दूर है रहती,
हमारी चीख बस नक्सल से बस्तर तक पहुँचती है।

4

न जीने दे, न मरने दे, ये दुनिया क़ैदखाना है,
चलन अच्छा-बुरा जो भी है, जैसा है, ज़माना है।

हमारे दौर में उल्फ़त का बस इतना फ़साना है,
किसी का तोड़ना है दिल, किसी का टूट जाना है।

तुम्हें ये मौज-मस्ती ख़ाना आबादी मुबारक हो,
हमें तो दाल-रोटी भी मशक़्क़त से कमाना है।

मुहब्बत के तराने छोड़कर हुंकारना होगा,
अगर चिड़िया को उड़ते बाज़ की नज़रें झुकाना है।

तुम्हारी कोठियों से कोठों तक इक चोर रस्ता है,
जिसे करने को रोशन रोज़ इक बस्ती जलाना है।

अजब फ़ितरत है इंसां की, अजब दस्तूर है इनका,
उसी थाली में करना छेद जिस थाली में खाना है।

डॉ. ब्रह्मजीत गौतम

मोबाइल - 09760007838,094251021540, 9643722154
ईमेल - bjgautam2007@gmail.com
पुस्तकें - पुस्तकें - विभिन्न विधाओं की 9 पुस्तकें प्रकाशित
पता - 206, पैरामाउण्ट सिम्फनी, क्रॉसिंग रिपब्लिक,
ग़ाज़ियाबाद (उ. प्र.) 201016

1

मुहब्बत के बिना भी ज़िन्दगी क्या,
दुखों के गाँव में होगी ख़ुशी क्या।

उठाये जो नहीं गिरते हुओं को,
भला वो आदमी भी आदमी क्या।

अँधेरों में गुज़ारी उम्र जिसने,
वो देगा दूसरों को रोशनी क्या।

नहीं समझे जो उल्फ़त के इशारे,
मेरे महबूब, ऐसी सादगी क्या।

बहारें आ गयीं हैं ज़िन्दगी में,
हुई है आप से भी दोस्ती क्या।

जो मंज़िल की तरफ़ बढ़ता अकेला,
रहे उसको दुआओं की कमी क्या।

लिया है 'जीत' जिसने नफ़रतों को,
करेगा उससे कोई दुश्मनी क्या।

2

लेखनी, डरना नहीं तू मौत की ललकार से,
क्रांति लानी है तुझे अपनी नुकीली धार से।

हम वो दीपक हैं, अँधेरों से है जिनकी दुश्मनी,
किंतु अपनी छाँव में रखते उन्हें भी प्यार से।

प्यार के बूटे खिलेंगे नफ़रतों की शाख़ पर,
अपने दुश्मन को नज़र-भर देखिये तो प्यार से।

सूखने असमय लगी हैं बालियाँ क्यों खेत की,
खेत ये महरूम हैं क्यों बादलों की धार से।

योजनाएँ तो बहुत बनती हैं जन-कल्याण की,
किन्तु वे इस पार आ पाती नहीं उस पार से।

यूँ न इतराओ, मुझी से है तुम्हारा ये उरूज,
ईंट बोली नींव की यूँ एक दिन मीनार से।

'जीत' पायेंगे वो कैसे ज़िन्दगी की जंग में,
हार बैठे हौसला जो इक ज़रा सी हार से।

3

राह में जो चल पड़े मोड़ों से घबराते नहीं,
मंज़िलें पाये बिना हम लौटकर आते नहीं।

यार, बगुलों से शराफ़त की उमीदें छोड़ दो,
ये सियासतदान हैं, बेवज्ह मुसकाते नहीं।

दूब पत्थर पर जमाने की क़वाइद व्यर्थ है,
मांसप्रेमी भेड़ियों को फूल-फल भाते नहीं।

कोठियों में ही बुला लेते हैं वे अपने शिकार,
आज के सय्याद जंगल में स्वयं जाते नहीं।

ये अँधेरे राह के क्या ख़ुद-ब-ख़ुद मिट जायेंगे,
इन से लड़ने को मशालें क्यों निकलवाते नहीं।

बात बनती है ख़यालों से ग़ज़ल के शे'र में,
वो कहेंगे क्या ग़ज़ल जिनको ख़याल आते नहीं।

'जीत' ज़ालिम वक़्त से तकरार करना व्यर्थ है,
पत्थरों के साथ शीशे ज़ोर अज़माते नहीं।

4

ख़िज़ाँ में जब तलक पेड़ों से पत्ते गिर नहीं जाते,
बहारें लाख मचलें, पर नये पत्ते नहीं आते।

नया रचना है तो मिटना ज़रूरी है पुराने का,
नियम कुदरत का यह व्यवहार में हम क्यों नहीं लाते।

सजे बाज़ारों का जादू हुआ है इस क़दर हावी,
सयाने लोग भी उसके असर से बच नहीं पाते।

सड़क हो, कोयला हो, पुल हो, चाहे खाद या चारा,
अजब हैं ये सियासतदान भी, क्या-क्या नहीं खाते।

मदारी शह्र में आये, ज़रा हुशियार हो जाओ,
ये वादों की बजाकर डुगडुगी जन को हैं भरमाते।

सियासत में जो सच है, वो नहीं है सामने दिखता,
बग़ल में है 'छुरी' पर मुख से सब हैं 'राम' ही गाते।

तुम्हारी बात सुनता कौन है ऐ 'जीत' महफ़िल में,
सुरीले गीत ये जंगल में तुम हो किसलिए गाते।

बृजेश कुमार 'ब्रज'

ईमेल - bkumarniranjan@gmail.com
मोबाइल - 09540528414
पता - आई, 1440, जे.एम. ऑरचिड, सेक्टर-76, नोयडा, उ.प्र.

1

सरे निगाह शाम से ये क्या नया ठहर गया,
क़दम उठा सके न थे कि हादसा गुज़र गया।

ये कौन सी हैं मंज़िलें ये क्या ग़ज़ब है आरज़ू,
जिसे सँभाल कर रखा वही समा बिखर गया।

अभी है वक़्त बेवफ़ा अभी हवा भी तेज़ है,
अभी यहीं जो साथ था वो हमनवा किधर गया।

ये वादियाँ ये बस्तियाँ ये महफ़िलें ये रहगुज़र,
हज़ार ग़म गले पड़े जहाँ जहाँ जिधर गया।

समेट कर ये हौसले मक़ाम को निकल पड़ो,
जो थक गया बहक गया वो लौट अपने घर गया।

2

बशर परेशां दरकतीं राहें पहाड़ सी ज़िन्दगी हुई है,
क़दम जहाँ सकपका के रक्खा वहीँ ज़मीं दलदली हुई है।

बे रंगो बू है ये ज़िंदगानी हसीन कोई मक़ाम दे दो,
कि ये उदासी मेरे लबों पे कई दिनों से बसी हुई है।

जिन्हें सँभाला जिन्हें सँवारा वो ख़्वाब जाने क्यों रूठ बैठे,
सुबह से पलकों पे ओस आई और आँख भी शबनमी हुई है।

क़फ़स से तो हम निकाल लाये मगर छुपाया ज़माने भर से,
कि शूल बन कर वही सदा अब हृदय के अन्दर चुभी हुई है।

अजब तमाशा है तेरा मौला क्या ख़ूब तेरी है रहनुमाई,
वहाँ वहाँ पे गिरी बिजुरिया जहाँ ज़रा रौशनी हुई है।

3

रात का सन्नाटा मुझपे मुस्कुराया देर तक,
हाथ पर उनको लिखा लिखके मिटाया देर तक।

आज ऐसा क्या हुआ क्या साज़िशें हैं शाम की,
आरज़ू जिसकी नहीं वो याद आया देर तक।

उल्फ़तें हैं हसरतें हैं और ये दीवानगी,
नाम तेरा होंठ पे रख बुदबुदाया देर तक।

है अजब मंज़र वफ़ा की रहगुज़र में आजकल,
चाहतें उस शख़्स की जिसने रुलाया देर तक।

कुछ पलों की जुस्तजू वो कुछ पलों की तिश्नगी,
प्यार का ग़मगीं तराना गुनगुनाया देर तक।

था बड़ा मग़रूर वो हम भी गुमां रखते बहुत,
आग पे अरमां रखे औ फिर जलाया देर तक।

4

हमें अब याद आते हैं सुहानी शाम के चर्चे,
तुम्हारी बज़्म की बातें तुम्हारे नाम के चर्चे।

सदायें ये मुहब्बत की दिशायें गुनगुनायेंगी,
कहीं राधा कहीं मीरा कहीं पे श्याम के चर्चे।

लिये बैठा हूँ नम आँखें अधूरा प्यार का क़िस्सा,
कभी मजनूँ कभी राँझे कभी ख़य्याम के चर्चे।

किसी ने राग दिल छेड़ा घुली ख़ुशबू हवाओं में,
दुआओं में महक जाते दिले गुमनाम के चर्चे।

जलाये जा रहा कोई दिया दिल के दरीचे में,
जिगर पे ज़ख़्म भी खाये हुये अन्जाम के चर्चे।

नहीं है भूलना मुमकिन जुदाई के वो अफ़साने,
सुनाई दे रहे हर सिम्त सूनी बाम के चर्चे।

यही तो बात ऐसी है जुदा हस्ती हमारी 'ब्रज',
वहाँ हुक्काम की बातें यहाँ पे आम के चर्चे।

मनजीत कौर मीत

मोबाइल - 9873443678
ईमेल - manjeetkr69@gmail.com
पुस्तकें - 1 पुरुषोत्तम 2 सतरंगी आईना
पता - मनजीत कौर,मकान 60, सेक्टर 5
गुड़गाँव, पिन 122001

1

नहीं दोष आँखों का सारा ही था,
तुम्हारा भी था कुछ हमारा भी था।

लगी हमको जन्नत तेरे पहलू में,
हसीं वादियों का नज़ारा भी था।

न समझो हमारी ही मेहनत का फल,
कि रहमत का उसकी इशारा भी था।

नहीं पहुँची उन तक हमारी सदा,
मगर दिल ने उनको पुकारा भी था।

मुसलसल ही खेली हूँ लहरों से मैं,
यूँ कहने को दरिया किनारा भी था।

न हम चाँद सूरज गगन के सही,
ये टूटा हुआ 'मीत' तारा भी था।

2

ज़िंदगी है सफ़र दो क़दम तो चलो,
है ये सूनी डगर दो क़दम तो चलो।

हम तुम्हारे हैं तुमको यक़ीं हो न हो,
अब ये छोड़ो शरम दो क़दम तो चलो।

हो मुहब्बत जो दिल, करतीं नज़रें बयां,
गर्म है ये ख़बर दो क़दम तो चलो।

रूठ जाना अदा, हुस्न की सब कहें,
हम पे कर दो करम दो क़दम तो चलो।

लाख चाहे हमें आज़मा लो सनम,
प्यार में हो भरम दो क़दम तो चलो।

छेड़ दी तान आके बहारों ने भी,
'मीत' चलती पवन दो क़दम तो चलो।

3

ज़िंदगी में काम वो ही कर गये,
जीतने जो मौत को अक्सर गये।

जी रहे जो मार कर अपनी अना,
मौत से पहले ही वो तो मर गये।

फ़र्क़ जाना ख़्वाब और ताबीर में,
आज पहली बार उनके घर गये।

कोई भी पहुँचा नहीं है बर-हदफ़,
हो गये बेकार जो भी शर गये।

जो भटकता ख़ुद रहा हर इक क़दम,
छोड़ उसकी रहमतें दर-दर गये।

इक घड़ी ऐसी भी थी नामहरबां,
'मीत' के भी हौसले जब डर गये।

4

मुझ पे वो महरबां न हो जाये,
ये ज़मीं आस्मां न हो जाये।

ख़ौफ़ दिल में है इस ज़माने का,
हाय ये दास्तां न हो जाये।

छोड़कर तुम जो चल दिये हो, तो,
घर मिरा फिर मकां न हो जाये।

तुम भी देते रहो हवा उसको,
यह जो शोला, धुआँ न हो जाये।

करके हुस्नो-जमाल के दर्शन,
दिल मिरा बेईमां न हो जाये।

उठ गया है वो अब जो महफ़िल से,
'मीत' भी बदगुमां न हो जाये।

मधुवेश

मोबाइल - 8750883732
ईमेल - madhuvesh01@gmail.com
पुस्तक - 'क़दम-क़दम पर चौराहे' (2014)
पता - सी-9/104, यमुना विहार, नई दिल्ली-110053

1

ज़िंदगी है ज़िंदगी के सामने,
मस्तियाँ फ़ाक़ाकशी के सामने।

चाँद में भी दाग़ दिखता है उन्हें,
और वो भी चाँदनी के सामने।

कौन जाने ये कहाँ तक सत्य है,
जो सुना गंगाजली के सामने।

आग तो बस दो घरों के बीच है,
पर धुआँ सारी गली के सामने।

क्या ज़रूरी है कि उनके दुख न हों,
जो नहीं रोते किसी के सामने।

2

उठ रहे हैं देख नीले झाग पानी में,
यूँ लगे है आ घुसा है नाग पानी में।

बाग़बां खुद चढ़ चुका है पेड़ पर अब तो,
डूबने वाला लगे है बाग़ पानी में।

सोचता हूँ मछलियों का क्या हुआ होगा,
सुन रहा हूँ लग रही है आग पानी में।

देर तक सोचा कि मुझको प्यास है कितनी,
देर तक देखा लगा है दाग़ पानी में।

लाइए तैराक जल्दी ढूँढ़कर कोई,
खो गया है ज़िंदगी का राग पानी में।

किस तरह की आग है ये सोचना होगा,
बस धुएँ को देखकर मत भाग पानी में।

है कहाँ वो आग ही अब है कहाँ पानी,
खूब अच्छी छन रही है आग-पानी में।

3

सोचता हूँ मैं कि अच्छे वो ज़माने थे बहुत,
गाँव की चौपाल पर जब नाच-गाने थे बहुत।

पंछियों को उस तरह जीना कहाँ मंज़ूर था,
उस नगर में पिजरों के कारख़ाने थे बहुत।

एक दर से घुस रहे थे सर उठाकर लोग कुछ,
और कुछ को दूसरे पर सर झुकाने थे बहुत।

आपने रद्दी समझकर फाड़ डाले पाठ जो,
इम्तहानों में वही तो काम आने थे बहुत।

आजकल इस आदमी की भूख को क्या हो गया,
इक ज़माना था कि घर में चार दाने थे बहुत।

उम्र-भर मैं मौत से डरता रहा बस इसलिए,
ज़िंदगी तेरे मुझे .कर्ज़े चुकाने थे बहुत।

4

तंग गलियों के घने अँधियार से आगे बढ़ें,
शर्त ये भी है कि हम रफ़्तार से आगे बढ़ें।

देखने लायक नज़ारे और भी हैं शहर में,
देखने वाले अगर बाज़ार से आगे बढ़ें।

सामने मज़हब उन्होंने कर दिया लाकर खड़ा,
कह रहे हैं और इस दीवार से आगे बढ़ें।

सर कटाने की अभी नौबत यहाँ आई कहाँ,
ये तुम्हें किसने कहा सरदार से आगे बढ़ें।

हौसले को नापने की क्या अजब तरकीब है,
नाव टूटी है मगर मझधार से आगे बढ़ें।

फ़ासला है ही कहाँ गर हम बढ़ें इस पार से,
और थोड़ा आप भी उस पार से आगे बढ़ें।

मनोज अहसास

मोबाइल - 9027221387
ईमेल - Kumar.manojguddu@gmail.com
पुस्तक - हँसता रहा शहर (काव्य संग्रह)
पता - सुधा सदन, महादेव मंदिर, पोस्ट-नकुड़, सहारनपुर-247342

1

कभी चंदा, कभी सूरज,कभी तारे सँभाले हैं,
सुख़नवर के मुक़द्दर में मगर पाँवों के छाले हैं।

हमारी बेगुनाही का यक़ीं उनको हुआ ऐसे,
वो जिनको चाहते हैं अब उन्हीं के होने वाले हैं।

मेरी भूखी निगाहों में शराफ़त ढूँढ़ने वाले,
तेरी सोने की थाली में मेरे हक़ के निवाले हैं।

हमारी झोपड़ी का क़द बहुत ऊँचा नहीं लेकिन,
तेरे महलों के सब क़िस्से हमारे देखे भाले हैं।

भरी महफ़िल में आके पूछते हैं हाल मेरा वो,
तकल्लुफ़ भी निराला है,इरादे भी निराले हैं।

चलो अब इस जहाँ की सोच से नज़रें हटा लें हम,
जहाँ तक देखते हैं,हर किसी के हाथ काले हैं।

डुबोकर मेरे ख़्वाबों का सफ़ीना पार उतरो तुम,
यहाँ अहसास के सपने तो लहरों के हवाले हैं।

2

ख़ुदा की दुनिया में क्या क्या नहीं है,
हमारी आस को ख़तरा नहीं है।

ख़ुदा से यूँ हमें शिकवा नहीं है,
उसे हमने मगर देखा नहीं है।

किसी के हाथ में चुभती है चाँदी,
किसी के हाथ में चिमटा नहीं है।

बिखरकर खो गए यादों के मोती,
हुनर का मुझमें ही धागा नहीं है।

दुआ में और क्या माँगूँ मैं या रब,
उन्हें मुद्दत से बस देखा नहीं है।

भटकता है तेरी चाहत में जोगी,
तेरी महफ़िल में क्या चर्चा नहीं है।

चले भी आयें वो इक रोज़ शायद,
समंदर से बड़ा सहरा नहीं है।

जिसे अंधी तलब है ज़िन्दगी की,
हक़ीक़त में वही ज़िंदा नहीं है।

निगाहें दूर तक करती हैं पीछा,
तुम्हारे आने का रस्ता नहीं है।

3

मुस्कुराहट ही सदा मिलती ख़ता के सामने,
सारी दुनिया छोटी है माँ की दुआ के सामने।

छत नहीं मिलती है जिनको एक ऊँचाई के बाद,
गिर भी जाती हैं वो दीवारें हवा के सामने।

सिर्फ वो ही ढक सकेगा अपनी ख़ुद्दारी का सर,
दौलतें प्यारी नहीं जिसको अना के सामने।

जिनकी दहशत से सितम से जल रहा सारा जहां,
वो भला क्या मुँह दिखाएँगे ख़ुदा के सामने।

आसमां सी सोच हो और बात हो ठहरी हुई,
फिर ग़ज़ल मंज़ूर होती है दुआ के सामने।

तेरे होठों से जो सुन लूँ इश्क़ में डूबी ग़ज़ल,
ये इनायत है बड़ी मेरी वफ़ा के सामने।

किस लिए तुम खोलते हो मेरे मर्जों की किताब,
नाम उसका ही लिखा है हर दवा के सामने।

हर जगह मौजूद रहती जीने की सूरत कोई,
आदमी का बस नहीं चलता क़ज़ा के सामने।

4

बेचैनियों के रंग सवालों में भर गये,
मंज़िल से पूछता हूँ कि रस्ते किधर गये।

दिल को निचोड़ा इतना कि अहसास मर गये,
खुद को बिगाड़ कर तुझे हम पार कर गये।

मुझको उदास देखा जो मिलने के बाद भी,
वो अपने दिल का दर्द बताने से डर गये।

पूनम की शब का चाँद जो खिड़की पे आ गया,
कमरे में मेरे यादों के गेसू बिखर गये।

साहिल की क़ैद में कहीं जलती है इक नदी,
मेरे ख़्याल रेत के दरिया में मर गये।

वीरानियों को अपना मुक़द्दर समझ लिया,
सारे फ़रेब सहके वो चुप में उतर गये।

महताब पर नहीं है हवा भी सकून भी,
सन्नाटा दिल में भरने को हम क्यों उधर गये।

मनोज शुक्ल 'मनुज'

मोबाइल - 09305258091
ईमेल - gola_manuj@yahoo.in
पुस्तक - मैंने जीवन पृष्ठ टटोले
पता - 7/442 जानकीपुरम विस्तार लखनऊ

1

लौट गुज़री घड़ी नहीं मिलती,
प्यास को अब नदी नहीं मिलती।

जल रहा हूँ मैं आग में अपनी,
दोस्तों चाँदनी नहीं मिलती।

नेकियाँ कर रहा ज़माने से,
मुझको भी तो बदी नहीं मिलती।

सिर्फ रोने की हट गयी बंदिश,
आह कोई दबी नहीं मिलती।

हूर भी देखती है हैरत से,
यार तुम सी परी नहीं मिलती।

ऐंठ मिलती न अक़्ल मिलती है,
बात भी तो खरी नहीं मिलती।

2

खोल में पारसाई के ढलते रहे,
कामिलों में यूँ जाहिल बदलते रहे।

नूरे-उल्फ़त से रौशन हुई ज़िन्दगी,
कोहे ग़म भी तपिश पा पिघलते रहे।

वो भी निकले नहीं अपने फ़िरदौस से,
दिल के अरमान हम भी कुचलते रहे।

मैकदा बन वो मुझको पिलाती रही,
उसकी तासीर से हम बहलते रहे।

रहनुमा तीरगी के रहे उम्र भर,
जब उजाला दिखा आँख मलते रहे।

3

मैं क़सीदे इश्क़ के हूँ उम्र भर पढ़ता रहा,
वक़्त बेदर्दी से सब इल्ज़ाम भी मढ़ता रहा।

हो मुआफ़िक़ सब मेरे ये भी ज़रूरी तो नहीं,
मुस्तइद सी इक कहानी हुस्न भी गढ़ता रहा।

है क़फ़स में ज़िन्दगी के रूह भी क़ैदी हुई,
ज़ुल्म के बाज़ार में ये जिस्म भी कढ़ता रहा।

मुख़्तलिफ़ मैं भी नहीं हूँ रंजो ग़म से इश्क़ के,
बन्द आँखें हो गयीं फिर भी नशा चढ़ता रहा।

की बसर मैंने निहायत सादगी की ज़िन्दगी,
फिर भी उसका तंज़ करना दिन-ब-दिन बढ़ता रहा।

4

जिसको अपना कह सकूँ ऐसा भी दर कोई नहीं,
बेबसी का इस जहां में अपना घर कोई नहीं।

ज़िन्दगी में सब ज़रूरत के मुताबिक़ आ मिले,
जो समझ मुझको सके वो हमसफ़र कोई नहीं।

रात - दिन जिनके लिए हम सोचते जीते रहे,
उनकी नज़रों में है मुझमें अब हुनर कोई नहीं।

हूँ बहुत मायूस मैं अब थक गया ऐ ज़िन्दगी,
पर पता है चाहने से जाता मर कोई नहीं।

जो उड़ानें भर रहे हैं पंख फैलाकर बहुत,
जान लें वो भी मगर होता अमर कोई नहीं।

मालिनी गौतम

मोबाइल - 09427078711
ईमेल - malini.gautam@yahoo.in
पुस्तकें - विभिन्न विधाओं की 4 पुस्तकें
पता - 574, मंगल ज्योत सोसाइटी, संतरामपुर- 389260
जिला- महीसागर, गुजरात

1

नज़र हो साफ़ जिनकी वे सभी से दिल से मिलते हैं,
जहां में चाहने वाले बहुत मुश्किल से मिलते हैं।

ये दुनिया वो समुन्दर है कि जिसमें तैरना मुश्किल,
जिन्हें हो डूबने का डर वो बस साहिल से मिलते हैं।

नज़र के तीर हम पर इस क़दर तुम क्यों चलाते हो,
मिले जब भी तुम्हें, लगता है हम क़ातिल से मिलते हैं।

बिछे हों राह में काँटे, खुदी हों खाइयाँ गहरी,
क़दम जिनके नहीं रुकते वही मंज़िल से मिलते हैं।

किनारों तक पहुँच कर क्यों क़दम पीछे हटाते हो,
मुहब्बत में किनारे तो बहुत मुश्किल से मिलते हैं।

2

न साथी कोई भी वफ़ादार निकला,
मेरा ग़म ही केवल मेरा यार निकला।

रहम का नुमाइन्दा समझे थे जिसको,
उसी का न हमसे सरोकार निकला।

भटकते रहे दर-ब-दर हम भले ही,
तेरा इक नशा ही असरदार निकला।

न रुसवा किया और न की बदगुमानी,
मेरा प्यार मुझसे समझदार निकला।

कठिन से कठिन इम्तहां से हैं गुजरे,
तुम्हारा हर इक शक निराधार निकला।

है ग़म का ख़ज़ाना छुपाया हँसी में,
बड़ा ही मँजा वह कलाकार निकला।

सभी खोटा सिक्का समझते थे जिसको,
वही एक सिक्का खनकदार निकला।

ख़ुदा की अदालत में पेशी हुई तो,
हर इक शख़्स बढ़कर गुनहगार निकला।

3

निगाहों ही निगाहों में क़यामत ढा रहे हो तुम,
तड़पता देखकर हमको क्यों अब घबरा रहे हो तुम।

नज़र के घाव जो तुमने दिये वो छुप नहीं सकते,
छुपाने को सितम अपने तराने गा रहे हो तुम।

हमें तो हर क़दम पर आज़मा कर तुमने देखा है,
वफ़ा की राह से गुज़रे बिना ही जा रहे हो तुम।

नज़ारों और बहारों में तुम्हारा अक्स दिखता है,
मेरी दीवानगी में हर तरफ़ बस छा रहे हो तुम।

कभी धड़कन में बसते हो कभी हो जाते हो ख़ामोश,
मुहब्बत है तुम्हें या बस हमें भरमा रहे हो तुम।

तुम्हारी यादों के आँसू लरज़ते मेरी पलकों पर,
छुड़ाकर हाथ अपना इस तरह क्यों जा रहे हो तुम।

4

कभी आँखें दिखाते हो कभी ख़ंज़र चलाते हो,
ग़रीबों पर बताओ इस तरह क्यों ज़ुल्म ढाते हो।

तुम्हारे कारखानों में हैं मरते लोग आये दिन,
तुम उनकी मौत पर आँसू मगरमच्छी बहाते हो।

रखोगे क़ैद कब तक रौशनी को अपने महलों में,
उजालों को भी तुम अपना-पराया क्यों सिखाते हो।

दवा-दारू, मिठाई, तेल-घी की छोड़ दो बातें,
महब्बत में भी तुम तो ज़हर नफ़रत का मिलाते हो।

पढ़ाते पाठ लोगों को सचाई और नेकी का,
स्वयं बाज़ार में ईमान की बोली लगाते हो।

वो चीख़ें जो उड़ा देतीं तुम्हारी नींद रातों की,
उन्हें गूँगा बनाने का हुनर क्यों आज़माते हो।

मुनीश तनहा

ईमेल - tanhamunish27oct@gmail.com

1

ये ज़िन्दगी जो मुहब्बत में यार गुज़री है,
कहूँ मैं आप से सच शानदार गुज़री है।

कभी न हम ने किया देख ज़िन्दगी शिकवा,
नज़र इधर भली या सोगवार गुज़री है।

तुम्हें नहीं है बताया मगर समझ लो सनम,
जिगर से कोई छुरी आर-पार गुज़री है।

उन्हें भी चैन कहाँ देख मिल गया होगा,
अगर ये रात मेरी अश्क बार गुज़री है।

लड़ें जो सच के लिए देख एक बार मरें,
जो बद हैं उनपे तो ये बार-बार गुज़री है।

जो पूछते हो पता मौत का बताऊँ मैं,
अभी – अभी वो लहर पे सवार गुज़री है।

2

इस प्यार को सदा ही निभाते रहेंगे हम,
दुश्वार रास्ता हो भले पर चलेंगे हम।

सच बोलने के साथ में हिम्मत अगर रही,
फिर फूल की तरह ही सदा बस खिलेंगे हम।

जब साँस थी तो कर्म न अच्छा कभी किया,
इक आग जुर्म की है जिसे अब सहेंगे हम।

तरकीब ज़िन्दगी में अगर काम आ गई,
मुँह आईने में देख के परदे सिलेंगे हम।

है चैन ज़िन्दगी में कहाँ ढूँढ़ते फिरें,
दिन-रात के हिसाब में उलझे मिलेंगे हम।

मैली करो न सोच ख़ुदा से ज़रा डरो,
टेढ़ी नजर हुई तो कहाँ फिर बचेंगे हम।

अपनी सुनी गई जो अदालत में देख लो,
'तनहा' क़सम ख़ुदा की सदा सच कहेंगे हम।

3

जुर्म हमने न किया सिर्फ सज़ा पाई है,
उम्र गुज़री है ज़माने तो अदा आई है।

जब भरोसा ही नहीं है तो यक़ीं हो कैसे,
रोज़ बढ़ती सी लगे आज यहाँ खाई है।

धर्म के नाम पे दिन रात जहाँ हैं पहरे,
बन्दगी रंग सियासत में नया लाई है।

दर्द सीने में हो थोड़ा तो मज़ा जीने का,
जब घुले दर्द तो मीठी लगे शहनाई है।

देख दुनिया को ज़रा खोल के आँखें 'तनहा',
तू करे प्यार उसी से जो तमाशाई है।

4

रात काली बीतने वाली सहर होने को है,
बीज बोया था कभी जो वो शजर होने को है।

लूट जनता को किया है आज तक तुमने सफ़र,
जोश में जनता है आई बस ग़दर होने को है।

रख के हिम्मत वो बढ़ा है रात दिन देखो यहाँ,
अब मिलेगा फल उसे अब वो गुहर होने को है।

जब तलक ज़िन्दा है चिंता पेट की ही बस बनी,
था पिसर वो देख पहले अब पिदर होने को है।

हार अपनी मान ले ज़ालिम तुझे मौका दिया,
शर्म तुझको गर नहीं तो फिर ज़फ़र होने को है।

कल यहाँ कुछ भी नहीं था अब सजी हैं महफ़िलें,
बादलों में रोशनी शायद क़मर होने को है।

रवि खण्डेलवाल

मोबाइल - 07697900225
ईमेल - ravikhandelwal14sep@gmail.com
पुस्तकें - विभिन्न विधाओं की 9 पुस्तकें
पता - 207, व्यंकटेश नगर ऐरोड्रॉम रोड इन्दौर (म.प्र.) 452005

1

बेशक तुम रहने दो, छोड़ो, जाने दो,
मुझको अपनी बात मगर सरकाने दो।

बंद करो मत इनको अपने पिजरें में,
ये पंछी है डालों के उड़ जाने दो।

क ख ग घ मत सिखलाओ इनको तुम,
इनको जो भी जैसा भी है गाने दो।

नाय नुकुर करने का भइया वक्त गया,
अब तो जो भी जैसा भी है आने दो।

पाँच साल तक फिर भी सर पर नाचेंगे,
मत इनको कोसो मत इनको ताने दो।

आएगा अपना भी अच्छा वक्त 'रवि'
है जो वक्त बुरा उसको सह जाने दो।

2

खोलने दो खिड़कियाँ परदे भी सरकाने तो दो,
एक ताज़ा सी हवा उस ओर से आने तो दो।

ये उदासी, ये थकन, ये मौन होठों की घुटन,
बंद कमरे से मिली है मुझको बतलाने तो दो।

होगा नन्हे से दिये की कोशिशों का भी असर,
आँधियों को सामने आ-आ के टकराने तो दो।

ये जो गूँगे दिख रहे हैं गुनगनाएँगे ज़रूर,
पंछियों को डाल पर स्वच्छंद हो गाने तो दो।

घर अँधेरा देखकर वो लौट जाएँ ना कहीं,
एक दीपक द्वार पर मुझको जला आने तो दो।

3

यहाँ हर शख़्स अपने आप में ग़ुरबत का मारा है,
कोई हसरत का मारा है कोई फ़ितरत का मारा है।

तुम्हें जो रोज़ मिलता है वो नंगा भूखा पागल सा,
बताऊँ क्या तुम्हें वो शख़्स धन दौलत का मारा है।

कमाता अच्छा ख़ासा पर, कमाकर है गवाँ देता,
जिसे कहते हैं मय यारों उसी, शरबत का मारा है।

किसी का भी किसी की बेबसी पे बस नहीं चलता,
जिसे देखो वो अपनी ही किसी आदत का मारा है।

भला समझाए दायाँ हाथ बाएँ हाथ को कैसे,
हमारा भाईचारा भी यहाँ दलगत का मारा है।

4

आग पर पानी पड़ा परछाइयाँ बाक़ी रहीं,
राख के नीचे दबी चिंगारियाँ बाक़ी रहीं।

हो गये आज़ाद अंगरेज़ी हुकूमत से, मगर,
मुल्क में अंगरेजियत की टाइयाँ बाक़ी रहीं।

ये ज़मीनी है हक़ीकत, बँट गये दो मुल्क में,
पर दिलों के बीच अब भी खाइयाँ बाक़ी रहीं।

आँधियाँ लौटी हैं नंगे पाँव आकर जब कभी,
बादलों की ओट लेकर बिजलियाँ बाक़ी रहीं।

ग़ैर की ग़ैरत से निकले अपनों में आकर फँसे,
पास अपने अपनी ही लाचारियाँ बाक़ी रहीं।

हो गईं आसानियाँ काफ़ूर अपने वास्ते,
कुछ अगर बाक़ी रहा दुश्वारियाँ बाक़ी रहीं।

ख़ास लोगों की ही ख़ातिर हो सकी है मुल्क में,
आम लोगों के लिये गुड़धानियाँ बाक़ी रहीं।

राग ख़ुशहाली का ले आलाप गाते फिर रहे,
वो कि जिनके हाथ अपनी ढपलियाँ बाक़ी रहीं।

कुछ अगर हासिल हुआ 'रवि' हमको बस इस इल्म से,
वास्ते ख़ुशफ़हमियों के तालियाँ बाक़ी रहीं।

राकेश कुमार श्रीवास्तव

मोबाइल - 09977527170, 9098605012
ईमेल - rakesh.shrivastava5012@gmail. com
पता - गोस्वामी मोहल्ला सेंवढ़ा जिला दतिया मध्यप्रदेश 475682

1

सच कहने पर कहाँ कमाई होती है,
बस झूठों के हाथ मलाई होती है।

अच्छा माल कमीशन में पिट जाता है,
घटिया की जमकर सप्लाई होती है।

सारे नियम शिथिल होकर रह जाते हैं,
जब दबंग की जेल मिलाई होती है।

बारूदों से उनकी यारी ठीक नहीं,
हाथ में जिनके दियासलाई होती है।

खोटे सिक्के वहीं चलन में आते हैं,
सरकारों की जहाँ ढिलाई होती है।

सीवन गर उघड़े तो फिर सिल जाती है,
उखड़े मन की कहाँ सिलाई होती है।

2

बात अगर आये तो कहनी पड़ती है,
अगर न कह पाये तो बात बिगड़ती है।

सच का जहाँ विरोध झूठ का पोषण हो,
ऐसी बस्ती तो इक रोज़ उजड़ती है।

तब सच कहना बहुत ज़रूरी होता है,
तानाशाही जब जब ज़ोर पकड़ती है।

भले भेड़िये के हाथों मर जाना है,
अब्बू खाँ की बकरी फिर भी लड़ती है।

शायर ग़लती को ग़लती कह देता है,
बेशक ग़लती उस पर ख़ूब अकड़ती है।

3

रिश्ते भी अब तो हमसे निभाए नहीं जाते,
त्योहार भी तो हमको मनाने नहीं आते।

ये कैसी शोहरतो का नशा हम पे चढ़ा है,
जिनकी वज़ह से हम हैं हमें वो नहीं भाते।

जो दिल में हमारे हैं वही तो है जुबाँ पे,
हमको तो बहाने भी बनाने नहीं आते।

मैखानों में कुछ लोग शौक से ही है आये,
सब लोग यहाँ गम को भुलाने नहीं आते।

सब अपनी-अपनी कीमतें तय करके खड़े हैं,
बस आप सही भाव लगाने नहीं आते।

4

हर घड़ी याद आयेंगे हम बार बार,
ग़म में भी मुस्करायेंगे हम बार बार।

हर्फ़ जब जब पढ़ोगे किताबों के तुम,
उनमें हम ही नज़र आयेंगे बार बार।

दिन में बेशक हमें तुम भुला दो मगर,
रातों को ख़्वाब में आयेंगे बार बार।

रहज़नी करने बैठे हैं लाखों यहाँ,
मुश्किलों में बचायेंगे हम बार बार।

सच को सुनने की आदत बना लीजिये,
हम तो आईना दिखलायेंगे बार बार।

राजमूर्ति सिंह 'सौरभ'

मोबाइल - 09956021495
पता - ग्राम व पत्रालय : सराय मोरार सिंह जनपद-प्रतापगढ़ (उ.प्र.)

1

अम्मा के ज़ेवर की बात,
घर तक रखिए घर की बात।

रातें कितनी काली हैं,
आओ करें सहर की बात।

आँसू पोछें 'धनिया' के,
कुछ समझें 'गोबर' की बात।

होठों पर हो झूठ भले,
झूठी नहीं नज़र की बात।

अपनी आँखें मूँद ज़रा,
सुन अपने भीतर की बात।

फूलों जैसा दिल उसका,
होठों पर पत्थर की बात।

सब कुछ भूला, याद रही,
बस ढाई आखर की बात।

2

छलकती नेह-रस से आँख की प्याली नहीं देखी,
हृदय से जो निकलती हो वो ख़ुशहाली नहीं देखी।

हरे पौधों के ये गमले मैं तुझको भेंट करता हूँ,
तेरे आँगन में इक मुद्दत से हरियाली नहीं देखी।

सभी ने शोख़ रंगों से सजा रक्खा था चेह्रे को,
कपोलों पर किसी के लाज की लाली नहीं देखी।

किसी की भूख क्या जाने, किसी की प्यास क्या समझे,
वो जिसने सम्पदा देखी है, कंगाली नहीं देखी।

ये सच है अपनी ताक़त भर दिया लड़ता तो है लेकिन,
अँधेरे पर विजय पा ले वो दीवाली नहीं देखी।

3

हंस कैसे आ गये हैं इस घिनौने ताल में,
कुछ-न-कुछ काला दिखाई पड़ रहा है दाल में।

स्वर्ण के सुन्दर कलश में कण्ठ तक तेज़ाब है,
फूल-बम रक्खे गये हैं अर्चना की थाल में।

देखता हूँ इस सरोवर में अनोखी बात ये,
रह गये दबकर कमल के फूल सब शैवाल में।

जान पर आ जाये जाने कब कहाँ किस भेड़ की,
फिर रहे हैं भेड़िये अब तो हिरन की खाल में।

सोनमछली पर गड़ाये दृष्टि मछुआरे सभी,
देखिये फँस जाये कब किसके सुनहरे जाल में।

रंग लायेंगे ये काले कारनामे एक दिन,
सिलसिला यूँ ही रहा यदि आपकी चौपाल में।

4

हम कहाँ तनहा हैं जब आँसू हमारे साथ हैं,
इस अँधेरी रात में जुगनू हमारे साथ हैं।

मारते हैं डंक अक्सर और तड़प उठते हैं हम,
तेरी यादों के जो ये बिच्छू हमारे साथ हैं।

ले गया तू लूटकर अम्नो-अमां, चैनो-क़रार,
क्या ख़बर थी इश्क़ में डाकू हमारे साथ हैं।

होठ हँसते हैं कभी, आँखें बरसती हैं कभी,
ज़िन्दगी क्या-क्या तेरे पहलू हमारे साथ हैं।

ख़ूबसूरत पैरहन की फिर तुझे कैसी कमी,
ऐ ग़ज़ल जब हिन्दी और उर्दू हमारे साथ हैं।

राहुल शिवाय

मोबाइल - 8295409649/9199781210
ईमेल - rahulshivay@gmailcom
पुस्तकें - हिंदीः स्वाति बूँद, मेवाड़ केसरी, बच्चों का बसंत
पता - सरस्वती निवास, चट्टी रोड, रतनपुर, बेगूसराय, बिहार-851101

1

मैं तुम्हारी महफ़िलों में बस हवा बनकर रहा,
रात भर का साथ था बस, मैं दिया बनकर रहा।

जिसको केवल दर्द में तुमने पुकारा है सनम,
ज़िन्दगी में मैं तुम्हारे वो ख़ुदा बनकर रहा।

सबने मुझपर दाँव खेले, अपनी चाहत के लिए,
सच कहूँ तो ज़िन्दगी भर मैं जुआ बनकर रहा।

कुछ छुपाकर रख नहीं पाया मैं अपने पास में,
चेहरा मेरा मेरे दिल का आईना बनकर रहा।

हर कोई मुझसे गुज़रकर, छोड़कर मुझको गया,
उम्र भर मैं दोस्तों का रास्ता बनकर रहा।

2

कभी सीने जो लगते थे गुले-गुलज़ार बन-बन के,
अभी सीने में जलते हैं वही अंगार बन-बन के।

मेरी गर्दन को ख़ंजर से झुका पाए न जो कल तक,
वही जद्दो-जहद में हैं गले का हार बन-बन के।

सजाये थे कभी उल्फ़त में जितने ख़्वाब सेजों पर,
बिछे हैं आज बिस्तर पर वही सब खार बन-बन के।

भले ही नाम मेरा अब न होठों पर तेरे आए,
मगर ज़िंदा रहूँगा मैं हृदय में प्यार बन-बन के।

कि जब-जब अक्स अपना आईने में तू निहारेगी,
तुझे मिलता रहूँगा आँसुओं की धार बन-बन के।

अगर मेरी शराफ़त ये मुझे न रोक लेती तो,
बहुत कुछ काम आ जाता मेरा हथियार बन-बन के।

दिए हैं ज़ख़्म जो तूने वही दिल में मेरे बसते,
वही रहते हैं ग़ज़लों में सदा अशआर बन-बन के।

3

मिलाओ दिल से दिल को तुम यही सच्ची इबादत है,
अरे इस प्यार की तो पत्थरों को भी ज़रूरत है।

ख़ुदा-भगवान कह करके सदा आपस में जो लड़ते,
कहो उनसे नहीं सजदा, ये उससे ही बग़ावत है।

करूँ उसका मैं क्या शिकवा जो मेरा हो नहीं पाया,
मुझे तो अपने रब से ही सदा होती शिकायत है।

कि उसकी बेवफ़ाई पर हम ही परदा गिराते हैं,
नशे में इश्क़ के हम हैं, मगर फिर भी शराफ़त है।

वही आँगन, वही खिड़की, वही घर याद आता है,
जिसे मुझसे मोहब्बत थी, जिसे मुझसे मोहब्बत है।

4

बता दे ये ज़मीं कैसे तुझे आज़ाद लगती है,
जहाँ हक़ माँगना मज़लूम की फ़रियाद लगती है।

कि जिनको है चुना हमने हमारी सरपरस्ती को,
हमें उनकी ही नीयत अब बड़ी नाशाद लगती है।

है जिसके आँखों पे पट्टी, कि जो इन्साफ़ करती है,
वो देवी अब मुझे धृतराष्ट्र की औलाद लगती है।

परिंदा ख़ौफ के मारे कभी कुछ कह नहीं पाता,
ये जनता ज़ुल्म सहने की बड़ी उस्ताद लगती है।

मुहब्ब्त को सिखाओ तुम, सिखाओ तुम नहीं मज़हब,
मुहब्बत के बिना हर चीज़ बेबुनियाद लगती है।

रेनू सिंह

मोबाइल - 8954779724
ईमेल - renu11289@gmail.com
पता - शिवपुरी कॉलोनी, गली नं.2, एटा रोड, टूण्डला,
फ़िरोज़ाबाद-283204, उत्तर प्रदेश

1

कुछ दबे हैं राज़ आँखों से सुनाना आ गया,
लफ़्ज़ हैं ख़ामोश हमको हक़ जताना आ गया।

घर बसाऊँ एक हसरत थी सदा दिल में कहीं,
आसमानों के तले अब शामियाना आ गया।

वो दिखाते जा रहे थे हर क़दम हमको वफ़ा,
साथ उनका आज हमको भी निभाना आ गया।

भूल से भी क्यों करें हम नेक बन्दों से दग़ा,
याद हमको सीख माँ का ये सिखाना आ गया।

हम छुपा के जी रहे थे दिल में इक तूफ़ां कहीं,
आप से मिलकर हमें भी मुस्कुराना आ गया।

देख दिलकश वो अदा हम होश में ही कब रहे,
बीच अपने प्यार के सारा ज़माना आ गया।

संग उनके ख़्वाब जो भी देखती थी मैं कभी
आइने को देख ख़ुद से ही लजाना आ गया।

2

आईना सबने दिखाया है मुझे,
क्यों वही इक शख़्स भाया है मुझे।

खो गई थी भीड़ में उसने मगर,
रूबरू ख़ुद से कराया है मुझे।

झूमती थी सुन जिसे बन राधिका,
गीत वो ही याद आया है मुझे।

जीत लेती मैं अकेले ही मगर,
मिलके अपनों ने हराया है मुझे।

आज भी भाती हैं वो ही चूड़ियाँ,
पहला तुहफ़ा जो दिलाया है मुझे।

प्यार करना उससे मेरी भूल थी,
रात-दिन उसने रुलाया है मुझे।

क़र्ज़ उनका तो रहेगा उम्र भर,
पाँव पर चलना सिखाया है मुझे।

3

किया मिलकर कभी था वो हमें वादा निभाना था,
गली सूनी पड़ी जिस में हमेशा आना जाना था।

कभी मिलते कभी बिछड़े ये दुनिया एक मेला है,
नज़र ठहरी जहाँ मेरी वहीं मेरा ठिकाना था।

भले हासिल नहीं कुछ पर मुझे मिलती थी रुसवाई,
भुला कर ग़म ये सारा ही तुझे अपना बनाना था।

बदन भीगा मिरा बरसात में बन नाचती मीरा,
तुम्हारी याद का मौसम मुझे लगता सुहाना था।

कभी यह राज़ पूछो तुम छुपा क्यों दाग़ सीने में,
लिए ख़ंजर खड़ा था दोस्त 'रेनू' वो पुराना था।

4

तोड़ देते हो चमन की वो कली जो काम की है,
वो बुढ़ापे का सहारा पूँजी ये आराम की है।

आसमां में रोज़ जाती हौसले हैं पंख मेरे,
तेज़ तूफ़ां में कड़कती रौशनी पैग़ाम की है।

फ़र्क़ करना छोड़ दो तुम है नहीं कमज़ोर अब हम,
कल उजाला हम करेंगे ये सदा बस शाम की है।

आग में कब तक जलूँगी पाक है दामन ये मेरा,
हूँ वही सीता जो अब भी प्राणप्यारी राम की है।

मैं पढ़ूँगी और बढ़ूँगी बात रेनू मान लेना,
दोष ढूँढ़े क्यों ज़माना जंग मेरे नाम की है।

विनोद कुमार दवे

मोबाइल - 9166280718
ईमेल - davevinod14@gmail.com
पता - 206 बड़ी ब्रह्मपुरी मुकाम पोस्ट-भाटून्द तहसील-बाली
जिला-पाली, राजस्थान 306707

1

जो ख़्वाहिशों ने इक सदी यूँ प्यार में गुज़ार दी,
ख़िज़ा ने पूरी उम्र बस बहार में गुज़ार दी।

पता ये है कि जो गया, वो लौट के मिला नहीं,
हमीं ने एक मुद्दत इंतज़ार में गुज़ार दी।

दुकान ही दिखी, दिखी न ख़ूबसूरती ज़माने की,
तमाम उम्र उसने बस बाज़ार में गुज़ार दी।

सदा सुनी नहीं मेरी, न देखा झाँककर मुझे,
असल में मैंने ज़िन्दगी पुकार में गुज़ार दी।

फ़ना हुए हैं जुगनू सारे ग़ैर के लिए सदा,
तमाम ज़िन्दगी यूँ अंधकार में गुज़ार दी।

2

हरेक धुन साज़ की बेदम सी लगती है,
तेरी हर साँस बस सरगम सी लगती है।

तू एक नाज़ुक कली है मेरे उपवन की,
ख़िज़ाँ में भी नए मौसम सी लगती है।

हसीं शब में लुभाती ओस भीगी तुम,
ये बूँद उस लब पे बस शबनम सी लगती है।

भुला देती हैं यादें ज़ख़्म गहरे सब,
मेरे ज़ख़्मों पे तू मरहम सी लगती है।

तू ही है मेरे जीवन की शमा रौशन,
घने तम में तू लौ मद्धम सी लगती है।

3

सपनों में भी ये दिल कहे, तेरी पेशानी चूम लूँ,
ख़्वाबों के भीतर मैं तेरी सोई कहानी चूम लूँ।

जब भी सताए तिश्नगी तू पी मुझे, पी लूँ तुझे,
तू अपने लब से छू नदी, मैं पानी पानी चूम लूँ।

मोती चमक उट्ठे जो शबनम नूर से रौशन हुई,
साया तेरा चमके जहाँ वो ही निशानी चूम लूँ।

मैं तो भटकता चाँद हूँ, तू छिटकी छिटकी चाँदनी,
तेरी महक से हूँ महकता, रातरानी चूम लूँ।

तू कोहसारों से बहे, छन छन करे पागल नदी,
धड़कन बढ़ाती ऐ नदी! तेरी रवानी चूम लूँ।

4

अदाएँ लाख दिलकश हों, ख़ताएं छिप नहीं सकती,
छिपाएँ आप कितना भी, छिपाएँ, छिप नहीं सकतीं।

बहाना है ज़रा मरहम कि मेरा ग़म भुलाने को,
ये ज़ख़्मों की निशानी है, ज़फ़ाएँ छिप नहीं सकतीं।

दबाओगे कहाँ तक जो कि जी में ग़म की ज्वाला है,
कभी दामन में शब् के दीपिकाएँ छिप नहीं सकतीं।

न जानेगा कि उस दरम्यां मेरे हालात कैसे थे,
है खानी सबको ठोकर, ये बलाएँ छिप नहीं सकतीं।

सुनाएँगी हवाएँ दास्तां अपनी मुहब्बत की,
कि परदे में ख़ामोशी के सदाएँ छिप नहीं सकतीं।

डॉ. विमल कुमार शर्मा

मोबाइल - 94253927185
पुस्तकें - विभिन्न विधाओं की 4 पुस्तकें
पता - ई एन 1022ए चार इमली, भोपाल-462016 मध्य प्रदेश

1

धरती अम्बर और समन्दर सबने देखा है,
छिपता चन्दा उगता सूरज हमने देखा है।

कब कैसी बरसात हुई कब कितनी धूप चढ़ी,
कब सूखा पड़ता है सब मौसम ने देखा है।

पेड़ों की शाख़ों पर रंगबिरंगे फूल खिले,
इतने रंग कहाँ से आते रब ने देखा है।

मानव पौधे पशु-पक्षी सब कैसे बनते हैं,
जिसने जीवन दिया सभी को उसने देखा है।

कुछ भी करके घड़ा पाप का रहता है भरता,
क्या क्या किया धरा पर तूने यम ने देखा है।

2

दर्द की फ़हरिस्त बनता जा रहा हूँ,
फिर भी तुझसे प्रीत करता जा रहा हूँ।

उठती गिरती तेज लहरों से लिपटकर,
तिश्नगी के पार बहता जा रहा हूँ।

ज़िन्दगी की सर्द रातों से मैं छिपकर,
तेरी यादों में सिमटता जा रहा हूँ।

एक झौंका तेरी ख़ुशबू का लिये मैं,
रुख हवाओं का बदलता जा रहा हूँ।

तुझसे मिलने की ख़लिश दिल में छुपाकर,
तेरी दी हर साँस लेता जा रहा हूँ।

3

तुम्हें जो चाहते हैं उनपे तुम बिजली गिराती हो,
हमारे साथ चलकर तुम उन्हें कितना सताती हो।

तुम्हारी कैफ़ियत के हैं सभी क़ायल ज़माने में,
हमारे पास आती हो तो तुम कितना लजाती हो।

मुहब्बत में अगर तुम इस क़दर मसरूफ़ रहती हो,
हमारा नाम लिखकर यूँ ज़मीं पर क्यों मिटाती हो।

तुम्हारी इक झलक को देखने को दिल तरसता है,
गुज़रती हो हमारे दर से तो नज़रें चुराती हो।

अँधेरे इस क़दर नाक़ाबिले बर्दाश्त हैं तुमको,
तुम अक्सर शाम से पहले ही दीपों को जलाती हो।

तुम्हारी इस अदा पर हैं फ़िदा सब दोस्त और दुश्मन,
जिसे जो भी समझती हो मुकम्मल तुम निभाती हो।

4

ख़्वाब रातों को जो आते हैं छिपाने होंगे,
तेरे दीदार के हम इतने दीवाने होंगे।

साथ में साँस के आती है किसी की ख़ुशबू,
उसके वाबस्ता तेरे घर पे ठिकाने होंगे।

मैं अगर मिल न सका तुझसे मेरी जाने ग़ज़ल,
बुझती आँखों में सजे स्वप्न जलाने होंगे।

तूने इज़हारे मोहब्बत जो नकारी मेरी,
मुझको तुझसे जो मिले ज़ख़्म दिखाने होंगे।

नज़्म के शहर में चर्चित है तेरा दीवाना,
आज की बज़्म में बस तेरे फ़साने होंगे।

मेरी दीवानगी पलती है तेरी आँखों में,
दिल में बस तुझसे ही मिलने के बहाने होंगे।

शिज्जु शकूर

मोबाइल - 9303436440
इमेल - shijju.1977@gmail.com
पुस्तक - 'ज़िन्दगी के साथ चलकर देखिए' (ग़ज़ल संग्रह)
पता - एम.आई.जी-224, ब्लॉक नं-10, हिमालयन हाइट्स
डूमरतराई, रायपुर

1

हाल अच्छा है न ही होश ठिकाने से है,
बेक़रारी का ये आलम तो ज़माने से है।

अपने ग़म से न किसी और बहाने से है,
उनको तो उज्र मेरे जश्न मनाने से है।

एक मुद्दत से मुयस्सर नहीं घर को रौनक़,
उसपे परहेज़ तुम्हें हँसने हँसाने से है।

नाख़ुशी बेबसी हो जाएँ नुमायाँ साहिब,
फ़ायदा दुश्मनों को, हाल छुपाने से है।

चल ज़रा अपनी रवायत से अलग रस्ते पर,
अबकी ख़तरा भी तो ख़तरा न उठाने से है।

जैसा है वैसा रहेगा ये जहाँ मेरे दोस्त,
इसको मतलब न तेरे आने न जाने से है।

ले गया लूट के जो मुल्क की दौलत यारों,
वो कोई चोर नहीं राज-घराने से है।

2

न शब की और न तुम तीरगी की बात करो,
नई सहर की नई रोशनी की बात करो।

जिगर जलाना मुनासिब नहीं है मेरे दोस्त,
सुकून चाहिए तो बस ख़ुशी की बात करो।

गुज़र गए जो मक़ामात छोड़ो फ़िक्र उसकी,
तुम आने वाली नई ज़िन्दगी की बात करो।

ज़बां की सारी लड़ाई, ये उर्दू, वो हिन्दी,
ये बहस छोड़ के तुम शाइरी की बात करो।

फिर आज शाम अकेली उदास गुज़रेगी,
सो ख़ुद से एक दफ़ा दोस्ती की बात करो।

3

पत्ता था, सब्ज़, टूटके खिड़की में आ गया,
हस्ती शजर की बाक़ी है मुझको बता गया।

माना हवाएँ तेज़ हैं मेरे ख़िलाफ़ भी,
लेकिन जुनून लड़ने का इस दिल पे छा गया।

खोने को पास कुछ भी नहीं था हयात में,
किसकी तलाफ़ी हो अभी तक मेरा क्या गया।

शायद ये दुनिया मेरे लिए थी नहीं कभी,
फिर शिकवा क्यों करूँ कि ख़ुदा फ़ैज़ उठा गया।

ख़्वाबों को ज़िन्दा करके भी क्या होता, दोस्तो,
मेरा जो वक़्त था वो तो कब का चला गया।

4

मैं जैसे-तैसे किसी बद-नज़र से निकला था,
कोई बला थी वो जिसके असर से निकला था।

तू संग ओ खार की बातें तो कर रहा है, बता,
कि पाँव बरहना कब अपने घर से निकला था।

सुना है मैंने कि कल उसपे संगबारी हुई,
मगर वो पहले भी तो उस नगर से निकला था।

बुझा-बुझा सा नज़र आ रहा था सूरत से,
कि इक सितारा जो बज़्म-ए-क़मर से निकला था।

तमाम चेहरों पे तासीर अपनी छोड़ गया,
वो खून जो मेरे ज़ख्म-ए-ज़िगर से निकला था।

कदम-कदम पे मेरे किस्से बिखर होंगे 'शकूर',
लुटा के अपना जहाँ मैं जिधर से निकला था।।

सतविन्द्र कुमार राणा

मोबाइल - 9255532842
ईमेल - stvndrrn@gmail.com
पता - ग्राम व डाक बाल राजपूतान, जिला करनाल,
हरियाणा-132040

1

ग़रीबों के दिल में है डर देख लेना,
अमीरों की तिरछी नज़र देख लेना।

नहीं तीरगी की हमें फ़िक्र कोई,
नए हौसलों की सहर देख लेना।

ज़रूरत नहीं है अभी बोलने की,
ख़मोशी जो लाए ग़दर देख लेना।

मेरा दर्द ही दर्द उसका बना है,
मेरे अश्क उस गाल पर देख लेना।

सहारा बनोगे तभी फल वो देंगे,
जरा खेत में भी शजर देख लेना।

तुम्हें फैसलों से जो मिल जाए फ़ुर्सत,
व्यवस्था हुई जो लचर देख लेना।

2

हाथ कुछ ऐसे बढ़ाते जाइये,
साथ सबको ही मिलाते जाइये।

चैन बस दिल का चुराते जाइये,
बस युँ ही हमको सताते जाइये।

बात ख़ाली ही बनाना है ग़लत,
काम भी कुछ तो बनाते जाइये।

यूँ मिलेगी बस तुम्हें ख़ुशियाँ सभी,
सबको ही ख़ुशियाँ दिलाते जाइये।

काटना ग़म को तभी आसान है,
इसमें भी गर खिलखिलाते जाइये।

झूठ जिनका भी कभी दिखता नहीं,
उनको उनका सच बताते जाइये।

3

उन्हें देखकर ये बदलने लगा,
नहीं टिक सका दिल फिसलने लगा।

नदी से मिलन की घड़ी आ गयी,
समन्दर का दिल भी मचलने लगा।

ज़माने से मिलती रहीं ठोकरें,
उन्हीं की बदौलत सँभलने लगा।

लगा संग दिल ही था जो अब तलक,
वो किलकारियों से पिघलने लगा।

पड़ोसी लगाता रहा आग जो,
वही आज ख़ुद देखो जलने लगा।

4

नहीं हमको जो भाता क्यों करें हम,
कोई झूठा बहाना क्यों करें हम।

हमीं से रौशनी है चार सू जब,
तो बुझने का इरादा क्यूँ करें हम।

ख़मोशी की सदा अक्सर सुनी है,
न सुनने का बहाना क्यूँ करें हम।

भरोसा जब नहीं खुद पे हमें ही,
तो फिर वादों पे वादा क्यूँ करें हम।

हो झगड़ा आपसी सुलझाएँ ख़ुद ही,
ज़माने में तमाशा क्यों करें हम।

न होता झूठ का कोई ठिकाना,
फिर उसको ही तराशा क्यूँ करें हम।

सागर आनन्द

मोबाइल - 9931920801 9304378291
ईमेल - sagaranand77@gmail.com
पुस्तकें - विभिन्न विधाओं की 3 पुस्तकें प्रकाशित
पता - सोनी इंजीनियरिंग कम्पनी, निकट टेलीफोन एक्सचेंज
काको रोड, जहानाबाद पिन - 804408, बिहार

1

मन के उस पार तक, चले चलिये,
शाम-ए-इतवार तक, चले चलिये।

ख़्वाब -ए- इंसानियत, ज़रूरी है,
अश्क की धार तक, चले चलिये।

मौत, ख़ामोशियों का, जलसा है,
मौत के पार तक, चले चलिये।

ज़िंदगी, फ़िल्म है, अगर कोई,
अपने किरदार तक, चले चलिये।

प्यार का, फ़लसफ़ा, यही इतना,
प्यार से प्यार तक, चले चलिये।

2

अश्क का किरदार, जिसने छू लिया,
अश्क वाला प्यार, जिसने छू लिया।

अब कहाँ, मानेगा वो, इनकार से,
नर्म दिल, इज़हार, जिसने छू लिया।

फिर कहाँ, रहता है कोई, नासमझ,
हर्फ़ को, इक बार, जिसने छू लिया।

क्यूँ भला, चाहेगा वो, कोई छुअन,
चाहतों का, हार जिसने, छू लिया।

छू लिया उसने, ख़ुदा के, नूर को,
प्यार का, श्रृंगार जिसने, छू लिया।

3

आ ज़रा सा, ज़िन्दगी को, इश्क़िया अशआर कर लें,
आ ज़रा सा, ज़िन्दगी को, दिलरुबा दिलदार कर लें।

रोज़, हम तुम, पत्थरों में, ढल रहे हैं, इसलिये अब,
आ ज़रा सा, ज़िन्दगी को,आँसुओं की धार कर लें।

गर ज़रूरी, हो कभी तो, हम लिखें, जज़्बात अपने,
आ ज़रा सा, ज़िन्दगी को, हर्फ़ का, हक़दार कर लें।

देर तक, रहना भला यूँ, एक ही, किरदार में क्यूँ,
आ ज़रा सा, ज़िन्दगी को, दूसरा, किरदार कर लें।

दौलतों को, शुहरतों को, कुछ दिनों की, छुट्टियाँ दो,
आ ज़रा सा, ज़िन्दगी को, फ़ुर्सत-ए-इतवार कर लें।

4

ज़िन्दगी की, दोपहर में, शाम की, बातें भी हों,
कुछ ज़रूरी मस्तियाँ भी, काम की बातें भी हों।

ज़िंदगी, गर है सफ़र, आओ चलें कुछ दूर तक,
मंज़िलों की, जुस्तजू भी, गाम की, बातें भी हों।

मन्दिरों में, आरती हो, मस्जिदों में, हो अज़ान,
हो कहीं, रहमान की तो, राम की, बातें भी हों।

मुश्किलों की, पोटली में, वक़्त कुछ, ऐसा मिले,
हों कभी हम, बेतकल्लुफ़, जाम की बातें भी हो।

इश्क़ का, गुज़रा ज़माना, याद आये, गर कभी,
चाँदनी, चमके गगन में, बाम की, बातें भी हों।

सिया सचदेव

मोबाइल - 8958451421
ईमेल - siyasachdev2@gmail.com
पुस्तकें - विभिन्न विधाओं की 6 पुस्तकें प्रकाशित
पता - ए -98 राजेंद्र नगर, बरेली उत्तर प्रदेश, पिन कोड-243001

1

भले ही लाख पहन ले कोई किसी का लिबास,
छुपा न पायेगा फ़ितरत को आदमी का लिबास।

ये रूह और कोई पैरहन पहन लेगी,
अगर उतार दिया जाए ज़िंदगी का लिबास।

किसी के दर्द को महसूस कर नहीं सकते,
ज़माने वालों ने पहना है बेहिसी का लिबास।

हमेशा ओढ़ के रक्खी उदासियों की रिदा,
मेरे ग़मों ने न देखा कभी ख़ुशी का लिबास।

अलग मैं हो नहीं सकती वजूद से उसके,
है रूह उसकी, बदन उसका है, उसी का लिबास।

वक़ार आबरू जज़्बात और ख़ुद्दारी,
न जाने क्या-क्या छिपाये हैं मुफ़लिसी का लिबास।

2

हालात देख कर मेरी तहरीर देख कर,
रोने लगे वो दर्द की तफ़्सीर देख कर।

ए काश तुझ में इतना समा जाऊँ कि हर इक,
पहचान लें मुझे तेरी तस्वीर देख कर।

उठती है आँख बारहा देहलीज़ की तरफ,
अटका हुआ है दम तेरी ताख़ीर देख कर।

ख़्वाबों से दिल को होती थी तस्कीन जिस क़दर,
उतना ही डर गयी हूँ मैं ताबीर देख कर।

रहती है जिनकी दोस्तों तदबीर पर निगाह,
चलते नहीं हैं वो कभी तक़दीर देख कर।

मुझको बदलते वक़्त का एहसास हो गया,
हैरान हूँ मैं अपनी ही तस्वीर देख कर।

जो उम्र मेरी ख़ास थी ख़्वाबों में कट गयी,
करना भी क्या है अब मुझे ताबीर देख कर।

मंज़िल तो सामने है मगर क्या करें सिया,
बैठे हुए हैं पाँव की ज़ंजीर देख कर।

3

ज़ख़्मी है बदन लाख मैं मा'ज़ूर नहीं हूँ,
टुकड़ों में बँटी हूँ मैं मगर चूर नहीं हूँ।

पिन्हाँ है तेरा अक्स मेरी रूह के अंदर,
मैं पास नहीं तेरे मगर दूर नहीं हूँ।

मामूली मेरा रूप है मिट्टी है मेरी ज़ात,
इक आम सी औरत हूँ कोई हूर नहीं हूँ।

मक़बूल दुआ मेरी भला हो भी तो कैसे,
मालूम हैं मुझको तुझे मंज़ूर नहीं हूँ।

ख़ुद्दार हूँ और ज़ेहन में रखती हूँ अना भी,
लेकिन मैं तुम्हारी तरह मग़रूर नहीं हूँ।

ये मेरी वफाएँ हैं कि मानूस हूँ तुझसे,
मैं तेरी वफ़ा के लिए मजबूर नहीं हूँ।

हर बज़्म में होता है सिया तज़करा मेरा,
ये बात अलग है कि मैं मशहूर नहीं हूँ।

4

जिसपे जाकर सभी फिसलते हैं,
उस ज़मीं पर भी हम सँभलते हैं।

तेरी यादों के गुमशुदा साये,
धूप ढलने पे ही निकलते हैं।

इत्तेफ़ाक़न हमें वो मिल जाये,
आरज़ू लेके हम निकलते हैं।

इनसे बहती है राख ख्वाबों की,
आँख से अश्क जब निकलते हैं।

मेरे बच्चे ज़हीन हैं इतने,
ये खिलौनों से कब बहलते हैं।

यूँ ही बहती है वक़्त की नदिया,
हम फ़क़त कश्तियाँ बदलते हैं।

तंज़ ख़ुद पे ही कर लिया जाए,
आइये ज़ायक़ा बदलते हैं।

आँख जब मूँदती हूँ तो दिल में,
तेरी यादों के दीप जलते हैं।

आँधियाँ जो दिए जलाती है,
वो दिए ज़ुल्मतों को खलते हैं।

सुलभ अग्निहोत्री

मोबाइल - 9839610807
ईमेल - sulabhagnihotri.kan@gmail.com
पुस्तकें - पूर्व पीठिका (राम-रावण कथा, खंड-1)
पता - ठकुराना, कन्नौज - 209725

1

हद से अपनी गुज़र गया कोई,
चुपके दिल में उतर गया कोई।

आँख में आसमान लाया था,
मेरी अँजुरी में भर गया कोई।

छोटी बच्ची सा झूल बाँहों में,
मन की हर पीर हर गया कोई।

टूटी छत से उतर के कमरे में,
चाँदनी सा पसर गया कोई।

डाल पे फूल खिल गया जैसे,
स्वप्न जैसे सँवर गया कोई।

रोशनी को सहेजने में ही,
क़तरा-क़तरा बिखर गया कोई।

सामने वाल्मीकि के फिर से,
क्रौंच पर वार कर गया कोई।

बह के आँसू के संग आँखों से,
मार के हमको मर गया कोई।

2

उसकी झरने सी हँसी चारों तरफ़ मशहूर है,
उम्र की शहनाइयाँ हैं, देह का सन्तूर है।

आँख में गुस्ताखियाँ चेहरे पे महका गुलसिता,
मन के आँगन भोर झाँकी है उसी का नूर है।

सारी-सारी रात उसके साथ बतियाता है रोज़,
कैसे कह दे वो कि उसका चाँद उससे दूर है।

पल में तितली, पल में बदली, पल में सहमी सी हवा,
पल में तोला, पल में माशा प्यार का दस्तूर है।

यूँ लिपट जाती है जैसे गुनगुनी सी धूप हो,
फिर भी कहता हूँ वो लड़की चाँदनी भरपूर है।

3

पीठ ने जब ज़ख़्म खाया न्याय की तलवार का,
तब समझ आया ज़ुबां को क़ायदा दरबार का।

ये फफोलों से भरा तन एक दस्तावेज़ है,
उस दहकती दोपहर के साथ मेरे प्यार का।

ज़ख़्म को फिर से हरा करना पड़ेगा दोस्तों,
मैंने वादा कर दिया है गीत के श्रृंगार का।

कोरे वादों का पुलन्दा बेशक़ीमत है हमें,
गर्दिशों की कुल कमाई, एक तोहफ़ा यार का।

सामने तलवार के चट्टान सा सीना रखो,
धार पर होता नहीं कोई असर मनुहार का।

हमने तो अपने लहू से ही लिखी अपनी व्यथा,
आपके ऊपर रहम होगा क़लमबरदार का।

4

बहरे कानों पे असर क्या ख़ाक होगा छोड़िये,
चौंक जायेंगे कबूतर चीख़ कर मत बोलिये।

शब्दवेधी हाथ में है पर नहीं ध्वनि की परख,
इनके आगे से गुज़रिये - साँस रोके, मुँह सिये।

मित्रता की नींव को बरसात सहने दीजिये,
मत अभी इस पर इमारत डालने की सोचिये।

एक क़तरा धूप मेरे नाम भी लिक्खी गई,
उम्र फ़रियादों में गुज़री, दस्तावेज़ों को लिये।

मेरे संतापों पे गंगे! दृष्टि तक डाली नहीं,
एक डुबकी में समूचे पाप उनके धो दिये।

टूट जाना ही नियति है स्वप्न की इस राह पर,
जानकर भी कुछ पखेरू मेरे साथी हो लिये।

www.ingramcontent.com/pod-product-compliance
Lightning Source LLC
LaVergne TN
LVHW100806051026
849519LV00006B/1992
9789387390126